Printed by BoD"in Norderstedt, Germany

9 788119 022694

بہادر علی

(بچوں کا ناول)

مصنف:
قمر علی عباسی

© Taemeer Publications
Bahadur Ali *(Kids Novel)*
by: Qamar Ali Abbasi
Edition: April '2023
Publisher & Printer:
Taemeer Publications, Hyderabad.

ISBN 978-81-19022-69-4
9 788119 022694

مصنف یا ناشر کی پیشگی اجازت کے بغیر اس کتاب کا کوئی بھی حصہ کسی بھی شکل میں بشمول ویب سائٹ پر اَپ لوڈنگ کے لیے استعمال نہ کیا جائے۔ نیز اس کتاب پر کسی بھی قسم کے تنازع کو نمٹانے کا اختیار صرف حیدرآباد (تلنگانہ) کی عدلیہ کو ہو گا۔

© تعمیر پبلی کیشنز

کتاب	:	**بہادر علی**
مصنف	:	**قمر علی عباسی**
صنف	:	ادب اطفال
ناشر	:	تعمیر پبلی کیشنز (حیدرآباد، انڈیا)
زیر اہتمام	:	تعمیر ویب ڈیولپمنٹ، حیدرآباد
سالِ اشاعت	:	۲۰۲۳ء
تعداد	:	(پرنٹ آن ڈیمانڈ)
طابع	:	تعمیر پبلی کیشنز، حیدرآباد -۲۴
صفحات	:	۸۲
سرورق ڈیزائن	:	تعمیر ویب ڈیزائن

اپنے بیٹے

وجاہت علی

اور دنیا کے سارے بچوں کے نام

جو

بہادر ہیں، بہادر بن رہے ہیں

یا

بہادر بنیں گے

قمر علی عباسی

تعارف

ایک مہذب اور صاف ستھرے سماج اور ملک و ملت کے زریں مستقبل کے لیے ادب اطفال کی جتنی ضرورت ہمیں کل تھی، آج بھی ہے۔ ان کہانیوں میں وعظ و پند کا شور نہیں بلکہ انسان دوستی اور ہمدردی کی دھیمی دھیمی اور بھینی بھینی مہک ہونی چاہیے۔

بچوں کے ادب کی زبان نہایت آسان ہونی چاہئے۔ طرز ادا اور اسلوب بیان ایسا ہو کہ بچے بخوشی انہیں پڑھیں، ان میں دلچسپی لیں، ان کو پڑھ کر مسرت محسوس کریں۔ کہانیوں میں مختلف دلچسپ واقعات کی شمولیت سے بچوں کی دلچسپی کو بڑھایا جا سکتا ہے۔

یہ کہانی ایک ایسے بہادر لڑکے کی ہے جس کی ماں مر جاتی ہے اور وہ در بدر بھٹکنے لگتا ہے مگر بڑا آدمی بننا اس کی خواہش ہوتی ہے جس کی خاطر وہ مسلسل جدوجہد کرنے کو اپنی زندگی کا مشن بنا لیتا ہے۔

گھوڑا گاڑی جب پہاڑ کے پیچھے مڑنے لگی تو بہادر علی نے اپنے گانوں پر آخری نظر ڈالی۔ چند لمحوں بعد گانوں کے اوپر نیچے بنے ہوئے کچے پکے مکان۔ ان سے نکلتا ہوا دھواں۔ ڈھلوانوں پر مکئی کے لہلہاتے پودے اور ان کے پاس قبرستان۔ سب کچھ اوجھل ہونے والا تھا۔

بہادر علی نے سوچا وہ سب کچھ چھوڑے جا رہا ہے۔ گھر۔ کھیت۔ اور ماں وہ یہاں سے ہمیشہ کے لیے جا رہا ہے۔ ممکن ہے وہ یہاں کبھی نہ آئے۔ لیکن نہیں۔ وہ یہاں ضرور آئے گا۔ اس کی ماں یہاں ہے۔ وہ ماں جو اسے ایک بہادر آدمی بنانا چاہتی تھی جس نے اسے ڈرنا نہیں لڑنا سکھایا تھا۔ مگر وہ خود تو اسے چھوڑ کر قبرستان میں جا سوئی۔ اب نہ اسے برف باری کی فکر ہوگی نہ بارش پریشان کرے گی۔ اسے مکئی کے میٹھے بھٹے کون کھلائے گا۔ کون اسے اچھی اچھی باتیں سکھائے گا۔ ماں کو یاد کر کے بہادر علی کا دل بھر آیا۔ وہ اکیلا تھا۔ اس کے آنسو پونچھنے والا کوئی نہ تھا۔

یکایک گاڑی پہاڑ کی طرف مڑ گئی۔ اور نظروں کے سامنے بڑا سا پہاڑ آ گیا۔ پھر اس کی آنکھوں سے آنسو بہ نکلے اس نے اپنے سر پر ایک شفیق ہاتھ محسوس کیا۔ اس کے ماموں نے اسے اپنے سینے سے لگا لیا۔ جیسے اس نے وہ سب پڑھ لیا جو بہادر علی سوچ رہا تھا۔ پھر بہادر علی جی بھر کر رو دیا۔ اور ماموں اس کا سر سہلاتا رہا۔ جانے وہ کب روتے روتے سو گیا۔ آنکھ کھلی تو گھوڑا گاڑی ایک بڑے سے دریا کے اوپر سے گزر رہی تھی۔ سورج ڈوب رہا تھا۔ ماموں نے اسے جاگتے دیکھا تو اس کی

طرف دیکھ کر مسکرائے۔ بہادر علی کو وہ اس وقت بڑے پیارے لگے کتنے مہربان۔ کتنے اچھے۔

گھوڑا گاڑی دریا پر سے گزر کر رک گئی۔

" لو بیٹا اب کچھ کھالو ـــــ اس کے ماموں بولے۔

ابھی گھر دور ہے کیا۔ ماموں ـــــ اس نے پوچھا۔

" ہاں ـــــ ابھی دو تین گھنٹے کا سفر اور ہے" ـــــ وہ بولے

گاڑی والا ایک برتن میں پانی بھر لایا۔ سب زمین پر ایک کپڑا بچھا کر بیٹھ گئے۔ گاڑی والا اس کے ساتھ آدمی، ماموں اور وہ سب کھانا کھانے لگے۔ مکئی کی میٹھی روٹی، نمکین مکھن اور لیموں کا کھٹا اچار۔ بہادر علی کو ہمیشہ سے یہ کھانا اور اس کی خوشبو پسند تھی۔ سب نے پیٹ بھر کر کھانا کھایا۔ ٹھنڈا پانی پیا۔ خدا کا شکر ادا کیا۔ اور دوبارہ سفر شروع ہو گیا۔

تھوڑی دیر میں چاروں طرف اندھیرا پھیل گیا تو آخری تاریخوں کا زرد چاند آسمان پر نظر آنے لگا۔ گاڑی والے نے اپنی بھدی آواز میں گانا شروع کر دیا۔

یہ پھول یہ چشمے میرے ہیں
یہ راستے میرے اپنے ہیں
یہ بادل، بارش۔ یہ سبزہ
یہ سب میرے اپنے ہیں
چشمے میں خوب نہاؤں گا
اور سیب اکیلا کھاؤں گا

گاڑی اونچے نیچے راستوں پر آہستہ آہستہ چلی جا رہی تھی۔ گاڑی والے کا گانا خوب تھا۔ ماموں بیڑی پی رہے تھے۔ جب وہ کش لیتے تو گاڑی کے اندر ذرا سی روشنی ہو جاتی۔ باہر

درخت پیچھے بھاگ رہے تھے۔ چاروں طرف گہرا اندھیرا تھا۔ بہادر علی کو یہ سب بہت اچھا لگا۔ گاڑی چلتی رہی۔ بہادر علی آنے والے دنوں کے بارے میں سوچتا رہا۔ نہ جانے ماموں کا گانو کیسا ہو۔ ممانی اس کے ساتھ کیسا برتاؤ کرے۔ اس کا دل خوش تھا ماموں کے گھر ایک بچّہ تھا۔ گلو۔ ظاہر ہے وہ بہادر علی کا دوست بن جائے گا۔

بہادر علی نے اپنی ممانی کو کئی بار دیکھا تھا۔ وہ موٹی سی سرخ سرخ عورت تھی۔ پہلی بار جب بہادر نے اسے دیکھا تو ماں کے کان میں کہا۔ "ماں، ممانی چقندر لگتی ہیں۔" "بُری بات۔" ماں نے ڈانٹا "بڑوں کے لیے ایسی بات نہیں کرتے۔" ممانی بہت بن بن کر باتیں کر رہی تھی۔ وہ بار بار اپنے سیب کے باغ کا ذکر کرتی۔ نہ جانے کیوں بہادر علی کو وہ پسند نہیں آئی۔ لیکن اب بات دوسری تھی۔ ماں کے مرنے کے بعد وہ اکیلا رہ گیا تھا اور ماموں اپنے ساتھ لے کر اپنے گانو جا رہا تھا۔

پہلے دور سے روشنی نظر آئی۔ اور پھر اس کے ماموں کا گانو آ گیا۔

بہادر نے دیکھا اس گانو میں کوئی زیادہ فرق نہ تھا۔ وہی کچّی دکانیں۔ مکانوں سے نکلتا ہوا دھواں۔ گلیوں میں ٹہلتے کتّے۔ یہ سب جانا پہچانا تھا۔ بہادر اپنا سامان اٹھائے ماموں کے ساتھ ایک گلی میں چل پڑا۔ گلی کے سرے پر چوتھا مکان ماموں کا تھا۔ دروازہ کھلا ہوا تھا۔

"فاطمہ —— بہادر آ گیا" —— ماموں گھر میں داخل ہوئے۔

ایک لمحہ بعد اس کی ممانی کمرے سے نکلی اور اس کے پیچھے ایک چار یا پانچ سال کا بچّہ "ارے میرا بچّہ" —— اس کی ممانی نے اسے سینے سے لگا لیا اور سسکیاں لینے لگی۔ بہادر علی ابھی تھوڑی دیر پہلے رو چکا تھا۔ اس لیے چپ چاپ ممانی سے چمٹا رہا، بچّہ حیران کھڑا یہ سب کچھ دیکھ رہا تھا۔

تھوڑی دیر بعد بہادر علی سوچ رہا تھا۔ میں اکیلا نہیں ہوں۔ میرے ساتھ گلّو ہے ممانی اور ماموں بہادر نے راستے میں کھانا کھا لیا تھا۔ مگر ممانی نے زور دے کر دوبارہ کھلایا گھی میں تر بتر پراٹھے

اور بطخ کے انڈے ساتھ میں نمکین دودھ۔

رات کو وہ ممانی کے کمرے میں سویا۔ رات بھر وہ خواب دیکھتا رہا۔ صبح آنکھ کھلی تو کھڑکی میں جھکی ہوئی پھولوں سے بھری شاخ پر سورج کی کرنیں پڑ رہی تھیں آنگن میں ککو مرغیوں کے پیچھے بھاگ رہا تھا۔ اور ممانی لسی بنا رہی تھیں۔

بہادر نے سلام کیا انھوں نے مسکرا کر جواب دیا۔

بیٹے ذرا جلدی سے منہ ہاتھ دھولے۔ ناشتا کر کے اپنے ماموں کے ساتھ باغ جانا۔ بہادر نے جلدی سے منہ دھویا۔ ابلے ہوئے بھٹوں پر مکھن لگا کر مزے سے کھائے۔ اور چائے پی کر ماموں کے ساتھ چل پڑا۔

مارچ کا مہینا تھا۔ ساری وادی رنگ برنگ کے پھولوں سے لدی ہوئی تھی نالوں میں سفید پانی جھاگ اڑاتا بہ رہا تھا۔ درخت سبز پھلوں سے بھرے ہوئے تھے۔ ہوا میں ہلکی ہلکی سردی تھی۔ جو جسم کو اچھی لگ رہی تھی۔

باغ میں ابھی پھل نہیں تھے ماموں سیب کے درختوں کے بارے میں بتا رہے تھے۔ اوپر نیلے آسمان پر سفید بادل اُڑتے پھر رہے تھے۔ اور بہادر علی اپنے آپ کو بڑا آدمی سمجھ رہا تھا۔ جیسے اس کے ماموں اپنے باغ کے بارے میں باتیں کر رہے تھے۔ وہ ایک ایک درخت کے پاس جا کر مختلف باتیں سنتا اور پھر سر بھی ہلاتا جاتا جیسے سب کچھ سمجھ رہا ہو۔

باغ میں گھومتے گھومتے دوپہر ہو گئی۔ باغ کے برابر ایک کچی سڑک تھی اس پر ایک گھوڑا گاڑی آتی نظر آئی۔

لو بہادر " کھانا آگیا " ماموں نے کہا۔

وہ اور ماموں باغ کے سرے پر آ گئے جہاں زمین پر خوب گھاس اُگی تھی۔ گاڑی والے نے

ایک پوٹلی ماموں کے ہاتھ میں تھما دی اور چلا گیا۔

"میں ذرا پانی لے آؤں" —— ماموں بولے۔

"نہیں ماموں۔ میں لاؤں گا" —— بہادر نے ضد کی۔

اچھا —— وہ سامنے جو چشمہ ہے۔ اس میں سے بھر لانا —— ماموں نے خوشی سے کہا۔ بہادر بھاگتا ہوا چشمے پر پہنچا۔ چشمہ میں برتن سے پانی بھرا تو بہادر کو بڑا اچھا لگا پانی بہت ٹھنڈا تھا۔

کھانے میں میٹھی لوکی اور گیہوں کی روٹی تھی۔ بہادر اور اس کے ماموں نے خوب پیٹ بھر کر کھایا۔ کھانا کھا کر ماموں تو آرام کرنے لیٹ گئے اور بہادر اِدھر اُدھر گھومنے لگا

شام کو وہ واپس آئے تو ممانی اسے دیکھ کر بہت خوش ہوئی۔ گلّو بھی اب اس کے پاس آیا۔ کھانا کھا کر بہادر گلّو کے ساتھ آنگن میں آڑو کے درخت کے نیچے آ بیٹھے جہاں گلّو نے اپنے کتّے ڈبو سے ملوایا۔ ڈبو نے بہادر کو پسند کیا۔ اور دُم ہلاتا ہوا اس کے پاس آ بیٹھا۔ دونوں دیر تک باتیں کرتے رہے۔ گلّو بہت اچھا تھا۔ وہ بہت جلد دوست بن گیا۔ اس نے بتایا کہ اسے گاڑی والے اچھے لگتے ہیں اور وہ ایک دن گاڑی چلانے والا بنے گا۔ تم کیا بنو گے؟ اس نے بہادر سے سوال کیا۔ میں کیا بنوں گا —— یہ سوال بہادر کے ذہن میں بھی آیا —— مگر اس کا جواب اسے معلوم نہ تھا۔ صرف اتنا پتا تھا کہ ماں کہتی تھی —— وہ اسے بہادر بنائے گی —— لیکن بہادر کون ہوتا ہے اسے پتا نہ تھا۔

میں بہادر بنوں گا —— اس نے گلّو کو بتایا۔

ٹھیک ہے —— گلّو کے ننھّے سے ذہن نے نہ سمجھتے ہوئے کہا۔

تھوڑی دیر بعد ممانی نے آواز دی —— "چلو بچو سو جاؤ —— " اور دونوں اٹھ کر اندر چلے گئے۔

—— • —— • ——

بہادر علی اپنی ماں کے ساتھ ایک چھوٹے سے گانو، نور پور میں رہتا تھا۔ اس کی ماں کے پاس چھوٹی سی زمین اور ایک باغ تھا۔ زمین پر مکئی اور ٹماٹر بوئے جاتے تھے اور باغ میں اتنے انگور آجاتے تھے کہ انھیں بیچ کر گزر بسر ہو جاتا تھا۔ بہادر علی کی ماں بڑی محنتی عورت تھی۔ وہ آرام کرنا ہی نہ جانتی تھی۔ ہر وقت باغ کھیت یا پھر بہادر علی۔ اس کی دلچسپی کی یہی تین چیزیں تھیں۔ وہ چاہتی تھی بہادر اپنے باپ کے نقش قدم پر چلے۔ اس کا باپ ایک دن اپنے کھیت میں ہل چلاتا ہوا دور جنگ لڑنے چلا گیا تھا۔ اور پھر کبھی لوٹ کر نہ آیا۔ گا گانو والے کہتے تھے۔ وہ جنگ میں مارا گیا ہے۔ محکمۂ جنگ نے پہلے اسے گمشدہ اور بعد کو مردہ قرار دیا۔ لیکن صرف اس کی ماں تھی جسے اپنے شوہر کی موت کا یقین ہی نہ آتا تھا۔ وہ کہتی تھی "میرا شوہر مر نہیں سکتا۔ وہ ایک اچھا آدمی تھا اور اچھے آدمی گمنامی کی موت نہیں مرتے۔ وہ زندہ ہے ـــ اور ایک دن اپنے کھیت میں ہل چلانے ضرور آئے گا۔" گانو والے اس کا مذاق اڑاتے۔ لیکن اس کی ماں کوئی عام عورت نہ تھی وہ تو ہمت، محبت اور صبر کا ایک پہاڑ تھی۔ جس نے نہ کبھی غم کا اظہار کیا نہ آنسو بہایا ـــ یوں لگتا تھا خدا نے اسے صرف اس لیے پیدا کیا ہے کہ وہ محنت کرے اور اپنے بچے کی پرورش کرے۔ بہادر علی کو اپنے باپ کا ایک دھندلا سا چہرہ یاد تھا۔ لمبے سے قد کا ایک مضبوط آدمی جو اسے اپنے کاندھے پر بٹھا کر باغ لے جاتا۔ ماں نے بتایا تھا تیرے باپ کا نام دلاور تھا۔ وہ بہت بہادر تھا۔ جب وہ ہل چلاتا تو بہت میٹھے مکئی کے بھٹے، اور سرخ ٹماٹر کھیت میں چاروں طرف لد جاتے۔ انگور کی بیلوں سے شاخیں زمین پر جھک آتیں۔ وہ سچا آدمی تھا محنت اور محبت یہی اس کا کام تھا۔

بہادر علی کی ماں چاہتی تھی بہادر بھی اپنے باپ کی طرح محنت اور محبت میں سچائی رکھے ـــ ماں نے نام شیر علی رکھا تھا مگر پیار سے بہادر علی کہتی۔ ماں کا ایمان تھا دنیا میں زندہ رہنے کے

لیے آدمی کو شیر کی طرح بہادر ہونا چاہیے۔ وہی بچّے بڑے ہو کر دنیا کے طوفانوں کا رُخ موڑ دیتے ہیں جو بچپن سے محنت اور سچ بولنے کے عادی ہوں۔

ماں اس سے کہا کرتی تھی۔ بہادر علی یاد رکھنا "برائی سے لڑنے کے لیے بُرے ہتھیار استعمال نہیں کرنے چاہییں۔"

بہادر علی کی سمجھ میں نہ آتا تو وہ بتاتی۔ "بہادر اندھیری رات سے لڑنے کے لیے روشنی چاہیے۔ جب تم اندھیری رات میں سفر کرتے ہو تو اپنے ساتھ لالٹین لے لیتے ہو۔ بس اسی طرح بڑی باتوں کا جواب اچھی باتوں سے دو تو جیت تمہاری ہی ہوگی۔"

ماں کی تربیت نے بہادر علی کو واقعی بہادر بنا دیا تھا۔ وہ چاہتا تھا کوئی ایسا کام کیا جائے کہ بڑا آدمی بن جائے۔

مکئی کی فصل پک جاتی اور ماں اسے سرخ سرخ بُھٹے بھون کر کھلاتی تو بتاتی کہ یہ میٹھے اور سوندھے بُھٹے محنت کا پھل ہیں۔ آدمی جتنی محنت کرتا ہے۔ خدا اسے اتنی ہی زیادہ نعمتیں بخشتا ہے۔ تم جب بھی محنت کرو گے۔ ہمیشہ میٹھا پھل حاصل کرو گے۔

بہادر علی کے دن بے فکری سے گزر رہے تھے کہ ایک دن اچانک بارش میں بھیگ کر ماں بیمار ہو گئی۔ بارشوں کا زور تھا۔ ایک رات ماں کی حالت خراب ہو گئی اتنی کہ مرنے لگی۔ اس وقت آسمان پہ بادل چھائے ہوئے تھے۔ پہاڑ سے جنگلی جانوروں کے بولنے کی آوازیں آ رہی تھیں۔ ماں بے ہوش ہو گئی تو بہادر علی نے ہاتھ میں لالٹین لی اور دوسرے گاؤں ڈاکٹر کو بلانے چل پڑا۔ اس کا ایک وفادار کُتّا تھا۔ اس نے جو بچّے کو اکیلا جاتے دیکھا تو ساتھ ہو لیا۔ بہادر علی نے اسے پیار کیا۔

"ماں اکیلی ہے۔ تو یہاں رہ میں جلد ڈاکٹر کو لے کر آ جاؤں گا۔"

کُتّے کا دل بہادر علی کو چھوڑنے کو نہیں چاہتا تھا مگر بہادر نے اسے پیار کر کے ماں کے پاس چھوڑ دیا۔

اس وقت بادل گرجے۔ جنگلی جانوروں کا شور بڑھا۔ لیکن بہادر آگے بڑھتا رہا۔ وہ جانتا تھا کہ جو بچہ اپنی ماں کے کام سے جاتا ہے۔ اسے کوئی نقصان نہیں پہنچا سکتا۔ راستے میں ایک دریا آیا۔ یہ سیلاب کا زمانہ تھا۔ مگر دریا میں پانی اتنا کم تھا کہ بہادر علی نے دریا پار کر لیا۔ جب وہ دوسرے گانو پہنچا تو ڈاکٹر کو یقین ہی نہ آتا تھا کہ یہ بچہ جنگل دریا اور رات پار کر کے اس تک آیا ہے۔ ڈاکٹر اس کی بہادری اور ہمت سے بہت خوش ہوا۔ اور گھوڑا گاڑی میں بیٹھ کر اس کی ماں کو دیکھنے گیا۔ ماں ابھی زندہ تھی۔ ڈاکٹر بر وقت پہنچ گیا اور وہ بچ گئی۔

ماں کی حالت بگڑتی رہی۔ ایک دن بہادر کا کتا جانے کیسے پانی میں بھیگا بیمار پڑا اور مر گیا۔ بہادر بہت رویا ماں نے سمجھایا۔ دنیا میں اکیلے ہی زندہ رہنا پڑتا ہے سب چھوڑ جاتے ہیں — اور یہی ہوا چند دن بعد عجیب سی بات ہوئی — ماں نے بہادر کو خوب پیار کیا۔ اپنے سینے سے لگایا اور کھیت پر بھیج دیا — بہادر کا جی نہیں چاہتا تھا مگر ماں کا کہنا کیسے ٹالتا۔ مجبوراً کھیت پر چلا گیا مگر وہاں جی نہ لگا۔ جلد ہی واپس آ گیا۔ لیکن ماں وہاں نہیں تھی۔ وہ تو کہیں بھی نہ تھی — بہادر کو یقین ہی نہ آتا تھا کہ اس کی ماں اسے چھوڑ کر چلی گئی ہے۔ اس کی ماں مر گئی ہے — اور جب اسے یقین آیا تو اس کی ماں منوں مٹی تلے آرام سے سو رہی تھی۔ بہادر کو ماں پر بہت غصہ آیا وہ اسے اکیلا چھوڑ گئی اتنی بڑی دنیا میں — اسے بڑا ڈر لگا۔ اب وہ کیا کرے گا۔ کہاں جائے گا۔ دوسرے ہی دن اس کے آنسو پونچھنے کے لیے اس کا ماموں آ گیا۔ بہادر علی کی کچھ سمجھ میں نہ آتا تھا جب ماموں نے اس کا سامان باندھ کر اپنے ساتھ گانو لے جانے کے لیے گھوڑا گاڑی میں بٹھایا تو وہ بہت رویا۔ مگر اب اس دنیا میں سوائے ماموں کے اُس کا کون تھا جو اس کے آنسو پونچھتا۔ وہ چپ چاپ اس کے ساتھ چلا آیا — اور یہاں آ کر وہ اپنے بہت سے دکھ بھول گیا تھا — ممانی اسے کتنا چاہتی تھیں۔ وہ ان کی محبت دیکھتا تو سوچتا۔ دنیا کتنی اچھی جگہ ہے جہاں ہر شخص اچھا ہے — ماموں — گو — ممانی

اور ڈبو ——

—— • —— • ——

بہادر ماموں کے پاس آکر سب کچھ بھول گیا۔ بس اسے صرف ایک بات یاد تھی۔ اس کی ماں۔ جو اسے پیار کرتی تھی کہ اسے کوئی بھی نہ کر سکتا تھا۔ اسے یوں لگتا جیسے ماں اس کے آس پاس ہی رہتی ہے گلّو مسجد میں پڑھنے جاتا تھا۔ ممانی نے بہادر کو مسجد میں نہیں بھیجا۔

بہادر کا بہت جی چاہتا تھا وہ بھی پڑھنے جائے۔ ساری کتابیں پڑھ لے۔ پھر وہ دنیا میں کوئی بڑا کام انجام دے۔ مگر وہ یہ بات ممانی سے نہ کہہ سکا۔ ایک بار باغ میں اس نے ڈرتے ڈرتے ماموں سے اس خواہش کا اظہار کیا۔ ماموں نے فوراً وعدہ کر لیا۔ وہ چاہتا تھا بہادر بھی لکھ پڑھ لے اور شہر جا کر بڑا آدمی بن جائے۔ پھر وہ اپنی بہن کی روح کے سامنے سرخرو ہو جائے گا۔ بہادر کا دل خوش ہو گیا اب وہ پڑھنے جائے گا لیکن جب ماموں نے یہ بات گھر بتائی تو ممانی نے صاف منع کر دیا۔ وہ بہادر کو پڑھانا نہیں چاہتی تھی، ماموں چپ ہو گئے۔ بہادر کچھ بھی نہ کر سکا۔ اس دن اسے ماں بہت یاد آئی۔ چشمے کے کنارے جا کر وہ خوب رویا۔ جب سکون ہوا گھر لوٹا تو ممانی نے اسے برتن دھونے کو دیے۔ بہادر نے کبھی کام نہیں کیا تھا۔ اسے عجیب سا لگا مگر جب ممانی نے اُسے خونخوار نظروں سے گھورا تو وہ جلدی جلدی کام کرنے لگا۔

آہستہ آہستہ گھر کا سارا کام بہادر علی کے ذمّہ ہو گیا۔ مرغیاں اِدھر اُدھر بھاگ رہی ہیں اُنھیں گھیر لا۔ کھیت سے سبزی توڑ لا۔ لکڑیاں جمع کر لا۔ یہ دو کپڑے ہیں ذرا نالے سے دھو لا۔ بہادر علی اِدھر آ —— بہادر علی اُدھر جا —— غرض سارے دن وہ بھاگتا رہا۔ اور اس پر بھی ڈانٹ پھٹکار۔ یہ کام ٹھیک نہیں ہوا۔ اس میں دیر ہو گئی۔ یہ خراب ہو گیا۔

بہادر علی جب رات کو تھک ہار کر سوتا تو ہر روز رات کو ماں کو خواب میں دیکھتا۔ وہ اُسے خوب پیار کرتی۔ اور بہادر علی اس کے سینے سے لگ کر جی بھر کر روتا۔ پھر اسے بڑا سکون ہو جاتا۔ وہ سارے دن اس لیے کام کرتا کہ رات آئے گی اور ماں سے ملاقات ہو گی۔

ایک دن اس سے چائے کی پیالی ٹوٹ گئی۔ ممانی نے اسے مارا۔ بہادر بالکل بھی نہ رویا۔ اسے بڑی حیرت ہوئی۔ زندگی میں کبھی اسے کسی نے ہاتھ نہ لگایا تھا۔ اور پھر اتنی ذرا سی بات پر۔ اب وہ ممانی سے ڈرنے لگا۔ اسے محسوس ہوتا تھا۔ وہ ہمیشہ اسی گھر میں برتن صاف کرتے، کپڑے دھوتے اور جھوٹا کھانا کھاتے کھاتے بڑا ہو جائے گا۔ نہ بہادر بنے گا نہ بڑا آدمی۔

ماموں یہ سب کچھ دیکھتا اور دل ہی دل میں کڑھتا رہتا۔ لیکن اس میں اتنی ہمت نہیں تھی۔ کہ کچھ بول سکتا۔

اب ممانی کا جب جی چاہتا اسے مار لیتی۔ بلکہ جس دن وہ بہادر علی کو مارتی نہ تھی اسے تعجب ہوتا۔ دن گزرتے رہے۔ ماموں کے باغ میں بہت سیب آئے۔

پھر پہاڑ کی چوٹیاں برف سے ڈھکنے لگیں۔ خوب بارشیں ہوئیں۔ آسمان بادلوں سے ڈھکا رہتا بہادر علی نے ہمت ہار دی تھی۔ وہ سمجھتا تھا وہ ماں جو اسے بہادر بنانا چاہتی تھی چلی گئی۔ اب اس کی قسمت میں جو تھا وہ بن گیا۔ برف باری کے دنوں میں جب وہ چشمے سے پانی لے کر آتا تو بے حد ٹھنڈی ہوائیں اس کے جسم سے ٹکراتیں۔ اس وقت اسے یوں لگتا جیسے کہیں دور اس کی ماں سسکیاں لے رہی ہے۔ اور رو رہی ہے — لیکن وہ اپنی ماں سے ناراض تھا۔ وہ اسے اس ظالم دنیا میں چھوڑ کر کہاں چلی گئی تھی۔ وہ سوچتا کاش وہ بھی کسی دن ماں کی طرح مر جائے۔

بہادر علی کو سردی لگ گئی۔ ہلکا ہلکا بخار ہو گیا۔ کام کرتے کرتے جب اس کا جسم دکھنے لگتا تو وہ ذرا آرام کرنا چاہتا مگر یہ ممکن نہ تھا۔ بہادر علی کو صرف اس لیے گھر میں رکھا گیا کہ وہ کام کرے۔ اور جس

دن کام نہیں کرے گا اسے برف باری میں گھر سے نکال دیا جائے گا. بہادر علی یہ سوچ کر ہی کانپ اٹھتا کہ اس سردی میں وہ گھر سے باہر جائے گا ۔

بہادر علی نے ڈرتے ڈرتے ماموں کو بتایا کہ اسے بخار رہتا ہے. جسم ٹوٹتا رہتا ہے ۔ اسے دوا چاہیے۔ ماموں نے ممانی سے کہا. مگر اس نے علاج سے انکار کر دیا کہنے لگی جوان بچّہ ہے جسم گرم نہیں ہو گا تو کیا ٹھنڈا ہو گا ۔

کم سے کم کچھ دنوں کے لیے اسے آرام ہی دے دو ــــ ماموں نے التجا کی ۔

ہنہ !! آرام بچہ اگر کام نہیں کرے گا تو کاہل اور کام چور ہو جائے گا. بہادر علی سے میں اس لیے کام لے رہی ہوں کہ وہ محنتی آدمی بنے ــــ ممانی بولی ۔

ماموں نے کچھ اور کہنا چاہا تو ممانی نے اسے ڈانٹ دیا ۔

"تم بچّوں کے معاملات میں نہ بولا کرو. گھر کی دیکھ بھال میرا کام ہے سمجھے ؟" اور ماموں چپ ہو رہے ۔

بہادر علی کی طبیعت خراب ہوتی رہی. ماموں یہ سب کچھ دیکھتا پریشان ہوتا مگر کچھ نہ کر سکتا. ایک دن چپکے سے اس نے حکیم کو دکھایا. اس نے دوا بھی دی. مگر یہ سب بیکار تھی. بہادر علی کو اچھی خوراک اور آرام کی ضرورت تھی جو یہاں ممکن نہ تھا. اور خود بہادر علی بھی دوا استعمال نہیں کرنا چاہتا تھا. آخر ایک دن وہ بستر پر لیٹ گیا. ممانی نے بہت کوشش کی مگر وہ اُٹھنے کے قابل نہ تھا۔

بہادر علی نے خواب میں دیکھا اس کی ماں گھر کے آنگن میں کھڑی ہے. بہادر لپک کر اس سے جا چمٹا. ماں نے اسے بہت پیار کیا ۔

"پریشان نہ ہو. تجھے میں مرنے نہیں دوں گی ــــ بہادر تو بڑا آدمی بنے گا ــــ" ماں نے کہا۔

ماں ۔ میں کبھی بہادر نہیں بنوں گا ۔ تو مجھے چھوڑ کر چلی گئی ہے ۔ میں بھی تیرے پاس آؤں گا ۔
مجھے اپنے پاس بلا لے ـــــ بہادر رو دیا ۔
نہیں ـــــ بیٹے ـــــ تجھے دنیا میں رہ کر اچھے کام کرنا ہیں ۔ اب تو جلدی سے ٹھیک ہو جا ـــــ
ماں نے کہا اور خواب ختم ہو گیا ۔
بہادر کو زندہ رہنے کا دوبارہ شوق ہوا ۔ یہ اس کی ماں کی خواہش تھی ۔ اس نے سوچا اب وہ اپنے گانو جائے گا ۔ اور اپنے باغ میں کام کرے گا ۔
ماموں مجھے میرے گھر پہنچا دو ـــــ بہادر نے کہا ۔
"بیٹے تیرا گھر تو یہی ہے" ـــــ ماموں نے جواب دیا ۔
"نہیں میں اپنے باغ میں کام کرنا چاہتا ہوں ۔" "میں یہاں نہیں رہنا چاہتا" ـــــ اس نے رو کر کہا ۔
بہادر میں تیری ممانی سے بات کروں گا ۔ سب ٹھیک ہو جائے گا ـــــ وہ بولا
نہیں نہیں میں گھر جاؤں گا ۔ بہادر جانتا تھا ماموں کتنا دکھی ہے ۔ مگر وہ کچھ بھی نہیں کر سکتا ۔ ممانی کے سامنے وہ ایک لفظ نہیں بول سکتا ۔
بہادر بہت رویا ۔ وہ اپنے گھر جانا چاہتا تھا ۔ ماموں پریشان ہو گیا ۔ آخر اس نے کہا ۔ ٹھیک ہے تم ٹھیک ہو جاؤ تو میں تمھیں چھوڑ آؤں گا ۔
بہادر روتا رہا ۔ "میں کب ٹھیک ہوں گا" ـــــ "میں کب گھر جاؤں گا ۔"
"ماموں میری ماں میرا انتظار کر رہی ہے ـــــ میں بہادر بننا چاہتا ہوں میں زندہ رہنا چاہتا ہوں"
ممانی بہادر کی بیماری سے پریشان تھی ۔ اس نے زور دے کر کہا
بہادر کو اس کے گانو چھوڑ آؤ ۔ یہ یہاں کہاں مرے گا ۔
خدا کا خوف کرو ۔ بہادر میری بہن کا بیٹا ہے ۔ اس کی حالت ٹھیک نہیں ہے اس موسم

میں باہر نکلے تو یہ مرجائے گا۔ اور آخر گانو میں اس کی دیکھ بھال کون کرے گا۔ ماموں نے کہا۔
ممانی ضد کرتی رہی۔ اور ماموں خوشامد یں کرتا رہا۔ اندر کمرے میں بہادر یہ سب سن رہا تھا۔
اسے ممانی سے نفرت ہو گئی ـــــ شدید نفرت

اس نے سوچا وہ ٹھیک ہو جائے تو جلد چلا جائے گا۔ اسے ماموں پر غصہ آیا۔ آدمی اتنا بزدل کیوں ہوتا ہے ـــ کاش وہ ماموں کی جگہ ہوتا، پھر ممانی کو بتاتا کہ ظلم کیا ہوتا ہے۔

رات ہوئی۔ اس کی طبعیت زیادہ خراب ہو گئی۔ اسے لگا وہ اب مر جائے گا۔ وہ بہت گھبرایا، کسے آواز دے ـــ کون اس کے پاس آئے گا۔ وہ مرنا نہیں چاہتا تھا۔ وہ بڑا آدمی بننا چاہتا تھا۔ اسے یوں لگا کہ اگر وہ اس گھر میں رہا تو مر جائے گا۔ پھر اسے کیا کرنا چاہیے۔ وہ اپنے گانو جائے گا۔ ابھی اور اسی وقت ـــ کوئی نہ کوئی گاڑی اسے مل جائے گی۔ اور وہ اپنے گانو چلا جائے گا۔ وہ دور چلا جائے گا اس گھر سے ـــ ممانی سے ـــ اس ظلم سے۔

اس کا دل گھبرانے لگا۔ وہ آہستہ سے اٹھا۔ باہر گہرا سکون تھا۔ شاید برف باری ہو چکی تھی۔ آسمان اندھیرا تھا۔ خون جما دینے والی سردی تھی۔ وہ گھر سے باہر نکلا اور نیچے سڑک پر چلنے لگا۔ سردی اتنی تھی کہ سڑک ویران تھی دور دور تک کوئی دکھائی نہ دیتا تھا۔ گیدڑوں کے رونے کی آوازیں بار بار آتی تھیں۔ وہ سڑک پر چلا جا رہا تھا نہ جانے اس میں سردی کو برداشت کرنے کی ہمت کہاں سے آ گئی تھی۔ اس کے دل میں صرف ایک خواہش تھی وہ اپنے گانو جانا چاہتا تھا۔ جہاں بیٹھ کر وہ اپنی ماں کو اچھی طرح یاد کر سکے گا۔ ماں کی خواہش پوری کر سکے گا۔ تھوڑی دور چلنے کے بعد اس نے محسوس کیا کہ وہ اب ایک قدم بھی نہیں چل سکتا۔ اس کا خون جم رہا تھا ـــ اس نے دوڑنے کی کوشش کی تا کہ اس کا جسم گرم رہے۔ مگر ناکام رہا اور تھک کر سڑک پر گر گیا تھوڑی دیر بعد اسے محسوس ہوا اس کی آنکھیں آہستہ آہستہ بند ہو رہی ہیں۔ پھر اسے ہوش نہ رہا

بہادر نے محسوس کیا۔ وہ بے حد گرم اور نرم بستر پر سو رہا ہے۔ کہیں ماموں دوبارہ تو اسے گھر نہیں لے آئے۔ مگر اتنا اچھا بستر —— ممکن ہے ممانی نے مجبوراً اسے آرام سے لٹا دیا ہو —— لیکن یہ کیا ہوا۔ وہ دوبارہ اسی گھر میں آ گیا جہاں سے نکلا تھا۔ بہادر اُداس ہو رہا تھا۔ اس کی قسمت کیسی ہے۔ کیا وہ اپنے گاؤں کبھی نہیں جائے گا —— ؟ کبھی بڑا آدمی نہیں بنے گا۔ بہت دیر تک کوئی آواز سنائی نہ دی تو اس نے آہستہ سے آنکھیں کھولیں۔ کمرہ عجیب سا تھا۔ یہ ممانی کا گھر تو نہیں۔ بہادر پریشان ہو گیا —— میں کہاں آ گیا۔ اور یہاں تو کوئی آدمی بھی نہیں —— بہادر نے اٹھنا چاہا۔ مگر کمزوری کی وجہ سے اٹھ نہ سکا۔ سر خالی خالی لگا جیسے وہ نہ جانے کب سے اپنی جگہ سے ہلا نہ ہو۔

بہادر ابھی حیران ہو رہا تھا کہ کمرے کا دروازہ کھلا۔ ایک بڑی سی سفید داڑھی والا بوڑھا اندر داخل ہوا۔ دونوں نے ایک دوسرے کی طرف دیکھا۔ بوڑھا مسکرایا اور بہادر کے پلنگ کے پاس آیا۔

خدا کا شکر ہے۔ تم ہوش میں آئے —— بوڑھا بولا۔

بہادر کچھ بولنا چاہتا تھا مگر بوڑھے نے کہا۔ "بیٹے خاموش رہو —— میں تمھیں بتاتا ہوں تم کہاں ہو —— اور یہاں کیسے آئے۔"

بہادر کو اطمینان ہوا۔ وہ کہیں بھی ہو —— مگر ممانی کے گھر سے دور ہے۔

میں ایک مریض کو دیکھ کر واپس گھوڑا گاڑی میں آ رہا تھا۔ بوڑھے نے بتانا شروع کیا کہ میں نے دیکھا تم سڑک پر پڑے تھے۔ میں نے تمھیں اٹھا لیا۔ میں بر وقت پہنچ گیا تھا۔ تھوڑی دیر اور گزر جاتی تو تم سردی سے مر جاتے۔

گھر لا کر میں نے گرم بستر میں لٹا دیا۔ میں تمھارا علاج کرتا رہا —— اور تم پورے چار دن بےہوش رہے۔ نمونیہ ہو گیا تھا۔ بظاہر بچنے کی امید نظر نہ آتی تھی مگر تم نے بڑی ہمت سے موت سے جنگ

کی۔ اور آخر جیت گئے۔ تم میری آواز سن رہے ہو نا۔" بوڑھے نے پوچھا۔

"جی ہاں۔"۔۔۔ بہادر نے جواب دیا۔

بس سب ٹھیک ہے ۔۔۔ بوڑھا مسرت سے بولا۔

مجھے خطرہ تھا کہ سردی اور بیماری کی شدت سے ممکن ہے تم اونچا سننے لگو مگر خدا کا شکر ہے ایسا نہیں ہوا۔

تم کون ہو۔۔۔؟ کہاں سے آئے ہو۔۔۔؟ یہ سب میں بعد کو پوچھوں گا۔

پہلے تم یہ گرم دودھ پی لو۔۔۔ اور آرام سے سو جاؤ۔۔۔ بوڑھے نے میز پر سے گلاس اٹھا کر۔۔۔ بہادر کو سہارا دے کر ذرا سا اٹھا کر گلاس اس کے منہ سے لگا دیا۔۔۔ میٹھا اور گرم دودھ بہادر کو بہت اچھا لگا۔

"میرا نام بہادر ہے۔"۔۔۔ بہادر نے جواب دیا۔

واہ واہ!! شاباش تمہارا نام بہادر ہی ہونا چاہیے۔۔۔" بوڑھا خوش ہو گیا بہادر کو وہ بہت پیارا لگا۔ ماں کے بعد دنیا میں یہ دوسرا آدمی تھا جو اس سے خوش تھا۔ اس سے محبت کر رہا تھا۔

شاید تمہاری ماں زندہ نہیں ۔۔۔ بوڑھے نے پوچھا۔

"ہاں"۔۔۔ بہادر علی حیران رہ گیا۔۔۔ لیکن آپ کو کیسے معلوم ہوا۔۔۔!

میں بوڑھا آدمی ہوں۔ اتنی سی بات کا اندازہ ضرور لگا سکتا ہوں۔

اچھا اب تم سو جاؤ۔۔۔ رات کو میں تمہیں بڑی اچھی چیز کھلاؤں گا۔

بہادر علی نے نہ چاہتے ہوئے بھی آنکھیں بند کر لیں۔ اور پھر وہ گہری نیند کے آغوش میں چلا گیا۔

بہادر کی آنکھ کھلی تو سورج ڈوب چکا تھا۔ اور کمرے میں لالٹین کی روشنی پھیلی ہوئی تھی۔ بوڑھے نے اسے ہوش میں دیکھا تو خوش ہو گیا۔ دوڑ کر کھانا لے آیا۔ سبز مرچوں کے ساتھ ہری ہری مٹر بہادر نے

خوب پیٹ بھر کر کھائی۔ ٹھنڈا پانی پیا۔

کھانا کھا چکا تو بوڑھے نے اسے بہت سی بھنی ہوئی مونگ پھلیاں دیں۔ بہادر بستر پر تکیہ کے سہارے بیٹھا مونگ پھلیاں کھا رہا تھا اور بوڑھا اسے مزے مزے کی باتیں بتا رہا تھا۔ اپنی شریر بھیڑیوں کی جو جان بوجھ کر گھر واپس آتے وقت جھاڑیوں میں چھپ جاتی ہیں۔ ان بادلوں کی جو وادی میں خوب برستے ہیں۔

تم ٹھیک ہو جاؤ — پھر میں تمہیں ساری وادی کی سیر کراؤں گا۔ یہاں اتنے پھول اور پھل ہیں کہ تم خوش ہو جاؤ گے — بوڑھے نے کہا۔

بہادر نے دل میں سوچا — پھل اور پھول نہ بھی ہوں تو میں تمہارے ساتھ خوش رہ سکتا ہوں۔

مجھے بہادروں سے ہمیشہ محبت رہی ہے۔ میں بھی بہادر بننا چاہتا تھا مگر ایسا نہ ہو سکا۔ تمہیں دیکھ کر مجھے بہت خوشی ہوئی ہے — اب تم ہمیشہ میرے پاس رہنا — کیوں —؟ بوڑھے نے پوچھا۔

"جی ہاں" — بہادر نے مونگ پھلی کھاتے ہوئے کہا۔

بس ٹھیک ہے — بوڑھا خوش ہو گیا — آج سے تم میرے بیٹے ہو۔ بہادر بیٹے بوڑھے نے اس کے سر پر شفقت سے ہاتھ پھیرا۔

وہی محبت جو اُس کے ماموں نے اس سے کی تھی۔ جو کبھی اس کی ماں کیا کرتی تھی۔ بہادر کو پھر اس کی ماں یاد آ گئی۔ بوڑھے نے اسے چپ دیکھا تو پوچھا۔

ماں یاد آ رہی ہے۔

ہاں — بہادر نے جواب دیا۔

تم اچھے ہو جاؤ تو ایک بار تمہارے گاؤں بھی چلیں گے — بوڑھے نے کہا۔ بہادر پھر خاموش ہو گیا۔

تمھیں کہانیاں پسند ہیں ——— بوڑھے نے پوچھا۔
میری ماں مجھے بہت سی کہانیاں سنایا کرتی تھی ——— بہادر نے بتایا۔
بس ٹھیک ہے ——— میں آج سے ہر روز تمھیں کہانیاں سناؤں گا۔ بوڑھے نے وعدہ کیا۔
تم نے کبھی سمندر دیکھا ہے ——— بوڑھے نے پوچھا۔
نہیں ——— بہادر نے بتایا۔
تو میں تمھیں آج سمندر کی کہانی سناتا ہوں۔ سمندر سب سے زیادہ طاقتور ہوتا ہے۔ دنیا نئی نئی بنی تھی تو سمندر انسان کو پسند نہیں کرتا تھا۔ جب بھی انسان اس پر سفر کرنا چاہتا وہ اسے ڈبو دیتا پھر ایک آدمی ایسا پیدا ہوا جس نے ...... کہانی سنتے سنتے بہادر سو گیا۔

—— • ——

بوڑھا بہت اچھا آدمی تھا۔ اس کے پاس بہت سی بھیڑیں تھیں دو کھیت تھے۔ اور چھوٹے سے گھر کے آنگن میں سیب کے پودے اور انگور کی دو بیلیں تھیں۔ آس پاس کے گاؤں والے بوڑھے کے پاس علاج کے لیے آتے تھے۔ اور اچھے ہو کر جاتے ——— وہ بڑی محنت سے جڑی بوٹیاں چنتا۔ پیستا۔ چھان پھٹک کرتا۔ اور محبت سے مریضوں کے حوالے کر دیتا۔
بہادر دو دن بعد بالکل ٹھیک ہو گیا تو بوڑھے کے ساتھ بھیڑیں لے کر وادی میں گیا ——
ساری وادی سبز سبز درختوں سے بھری ہوئی تھی۔ ادھر ادھر پانی کے چشمے تھے۔ سفید سفید بھیڑیں کلیلیں بھرتی پھر رہی تھیں کبھی اس گھاس پر منہ مارتیں کبھی کسی پودے کو سونگھ کر چھوڑ دیتیں۔ بوڑھا منہ سے عجیب سی آواز نکالتا تو ساری بھیڑیں بھاگ کر اس کے چاروں طرف جمع ہو جاتیں۔
بہادر ایک پہاڑ کی چوٹی پر چڑھ گیا۔ اوپر آسمان پر سفید بادل تیرتے پھر رہے تھے۔ وہ اپنے دونوں ہاتھ سر کے نیچے رکھ کر گھاس پر لیٹ گیا۔ نیچے سے بھیڑوں کے بولنے کی آوازیں آ رہی تھیں

اور اوپر نیلے آسمان پر سفید بادل بھیڑوں کی طرح ایک دوسرے کے پیچھے بھاگ رہے تھے۔ بہادر کو یوں محسوس ہوا جیسے آسمان بالکل اس کے سر پر جھک آیا ہے۔ اور وہ بادلوں کے ساتھ تیرتا پھر رہا ہے۔ بہادر ساری تکلیفیں۔ ساری پریشانیاں بھول گیا۔ نہ جانے وہ کب تک لیٹا رہا۔ سفید بادل اس پر سے گذرتے رہے۔ تب بوڑھے نے نیچے سے پکارا۔

بہادر کھانا کھالو۔

بہادر کو یہ آواز بڑی پیاری لگی ــــ اس نے سوچا میری ماں مرگئی تو خدا نے یہ بوڑھا دے دیا۔ ــــ میں بہت خوش قسمت اور خدا بڑا مہربان یہ سوچ کر بہادر کی آنکھوں میں آنسو تیرنے لگے۔ اور وہ نیچے اترنے لگا کھانا کھانے کے لیے۔

چند دنوں میں بہادر کو بھیڑیں بھی پہچاننے لگیں۔ اب وہ آواز دیتا اور سب اس کی طرف دوڑ کر آتیں۔ اس طرح عرصے میں اسے دو ایک دوائیں بنانی بھی آگئیں۔ ابلی ہوئی میٹھی ترکاریاں، مرغابیوں کا گوشت اور بوڑھے کی شفقت۔ بہادر کو یہ سب بے حد پسند تھا۔

بوڑھا چاہتا تھا بہادر بڑے ہو کر لوگوں کا دکھ درد کم کرے۔ علاج کرے بہادر کو یہ کام پسند تھا۔ وہ چاہتا تھا لوگوں کی خدمت کرنے کا یہ سب سے بہتر طریقہ ہے۔

دن گزرتے رہے۔ وادی میں پتے زرد ہو کر گرنے لگے۔ شاخیں پتّوں سے خالی ہوگئیں۔ خزاں آگئی ــــ ہوا میں سردی بڑھ گئی۔ بوڑھے نے بہادر کے لیے بھیڑ کی کھال کا ایک خوبصورت سا کوٹ بنوایا ــــ بہادر اسے پہن کر بہت خوش ہوا۔

ایک دن جب باہر سرد، ہوائیں چل رہی تھیں کسی نے دروازہ کھٹکھٹایا۔ بہادر نے دروازہ کھولا۔ ایک عورت کھڑی تھی ــــ اس نے خوشامد کی کہ بوڑھا اس کے بیمار بچے کو دیکھ لے جو دوسرے گانو میں ہے ــــ بہادر نے سوچا شاید وہ نہ جائے ــــ مگر بوڑھے نے جلدی جلدی گھوڑا

باندھا اور باہر چل پڑا - بہادر نے بھی جانے کی ضد کی. لیکن بوڑھے نے اسے ساتھ لے جانے سے انکار کر دیا۔

جب تم علاج کرنے لگو گے تو تمہیں ساتھ لے جاؤں گا. ابھی تم آرام کرو ——— بوڑھا چلا گیا۔

بہادر انتظار کرتے کرتے سو گیا——جانے بوڑھا کب آیا؟

صبح اس کی آنکھ کھلی تو بوڑھا سو رہا تھا - بہادر بھیڑیں لے کر باہر چلا گیا. دوپہر تک جب بوڑھا وادی میں نکل کر نہ آیا تو بہادر کو فکر ہوئی. ——نہ جانے کیا بات ہے——بہادر گھر گیا تو بوڑھا بخار میں جل رہا تھا - صبح سے اس نے کچھ کھایا بھی نہ تھا - بہادر بہت پریشان ہوا. ہمسایہ سے ایک آدمی کو بلا کر لایا—— دونوں نے مل کر اسے دوا دی۔

بوڑھا ایک ہفتہ تک بستر پر پڑا رہا. بہادر اس کی تیمارداری کرتا رہا. اس عرصے میں اسے بوڑھا اور زیادہ پیارا لگنے لگا. جیسے اس کا سچ مچ کا باپ ہو.

آہستہ آہستہ بوڑھا ٹھیک ہو گیا. تھوڑی سی کمزوری تھی وہ بھی ایک آدھ دن میں جاتی رہی. اس بیماری نے ایک اچھا اثر کیا. بہادر اور بوڑھا دونوں اس طرح نزدیک آ گئے. جیسے باپ بیٹا۔

ایک دن عجیب بات ہوئی. ایک ایسا حادثہ جس نے بہادر کو دوبارہ اکیلا کر دیا. بوڑھا بھیڑیں چرا رہا تھا کہ پہاڑ سے گر پڑا اور چوٹ اتنی زیادہ لگی کہ شام تک مر گیا. بہادر کی سمجھ میں ہی نہ آتا تھا یہ سب کیسے ہوا. ساری رات بہادر گم سم سوچتا رہا. بوڑھا کیسے مر گیا. صبح اسے دفن کر دیا گیا —— بوڑھے کا کوئی رشتہ دار نہ تھا. اس لیے شام کو وہ اکیلا رہ گیا. بھیڑیں آہستہ آہستہ بول رہی تھیں جیسے ماتم کر رہی ہوں. اور بہادر سوچ رہا تھا اب وہ یہاں رہ کر کیا کرے گا. کون اس سے محبت کرے گا. آسمان سے اس کے لیے کوئی نہیں آئے گا. اچھے لوگ جلدی چلے جاتے ہیں. پہلے اس کی ماں گئی ——

پھر اس سے محبت کرنے والا بوڑھا——— اور اب وہ تھا اور اداس بھیڑیں ——— دوسرے دن وہ بھیڑیں لے کر باہر نکلا۔ قبرستان جاکر وہ بوڑھے کی قبر پر خوب رویا۔ اتنا زیادہ کہ روتے روتے سو گیا۔ پھر اس نے بوڑھے کو خواب میں دیکھا۔ سفید کپڑے پہنے وہ اس کے پاس کھڑا تھا۔ اس نے بہادر کو سمجھایا۔ دنیا میں بہادر کبھی آنسو نہیں بہاتے بلکہ دوسروں کے آنسو پونچھتے ہیں۔ اگر تم اسی طرح روتے رہے تو وقت گزر جائے گا۔ اور تم کچھ بھی نہ کرسکو گے۔ اٹھو اور کام کا آغاز کرو۔

بہادر کی آنکھ کھل گئی۔ اس نے دیکھا بھیڑیں اس کے چاروں طرف کھڑی ہیں کوئی بھی اِدھر اُدھر نہیں تھی۔ وہ بہت دیر تک بھیڑوں کے ساتھ بیٹھا رہا۔ آخر شام کو گھر واپس آیا تو گھر پر ایک آدمی کو دیکھا۔ اس نے بتایا کہ وہ بوڑھے کا چھوٹا بھائی ہے۔ اور اس کی موت کی خبر سن کر آیا ہے۔

بہادر خوش ہو گیا چلو کوئی تو آیا——— اب وہ اکیلا نہیں رہے گا۔ رات کو اس آدمی نے بہادر سے بہت سی باتیں پوچھیں ——— وہ کون ہے ———؟ کہاں سے آیا ہے ———؟ اور یہ بھی پوچھا کہ یہاں سے کب جائے گا———؟

بہادر چھوٹا سا بچہ تھا۔ لیکن وقت نے اسے بہت بڑا بنا دیا تھا۔ لہٰذا اس نے طے کر لیا کہ اب اسے یہاں سے بھی جانا پڑے گا۔ دنیا کا مقابلہ کرنے کے لیے سفر کرنا ہوگا۔ کہاں———؟ یہ اسے خود بھی معلوم نہ تھا۔

گاؤں والوں کو معلوم ہوا کہ بہادر وادی چھوڑ کر جا رہا ہے تو وہ سب اُسے سمجھانے لگے کہ وہ کہیں نہ جائے ——— یہ آدمی کوئی دھوکے باز ہے۔ کیونکہ بوڑھے نے بتایا تھا اس کا کوئی بھائی نہیں ہے۔ وہ اس کی اصلیت معلوم کرلیں گے۔ لیکن بہادر رکنے پر تیار نہ ہوا۔ وہ کہتا تھا۔ مجھے یہ بھیڑیں۔ کھیت اور مکان کچھ بھی نہیں چاہیے۔ مجھے محبت چاہیے تھی۔ اب وہ ختم ہو گئی ہے۔ اس لیے میں جا رہا ہوں۔ بہادر آخری بار بوڑھے کی قبر پر گیا اور خوب دل کھول کر رویا۔ بالکل اسی

طرح جیسے وہ اپنے گانو سے آتے وقت رویا تھا اس کے سامنے ایک بڑی دنیا تھی اور وہ اکیلا تھا۔ لیکن ماں کی محبت اور بوڑھے کی نصیحت اس کے ساتھ تھی۔ دوسرے دن وہ شہر جانے والی گھوڑا گاڑی میں بیٹھ کر وادی چھوڑ گیا۔

بہادر جب شہر پہنچا تو رات ہونے والی تھی۔ چاروں طرف تیز روشنیاں پکی سیاہ سڑکیں — اور ان پر دوڑتی موٹریں۔ تانگے سائیکلیں تھیں بہادر ایک سڑک سے دوسری سڑک پر گھومتا رہا زندگی کتنی مصروف اور تیز تھی۔ اس نے سوچا یہاں اسے کوئی نہیں جانتا — اور دنیا میں اسے کون جانتا تھا۔ یہ شہر ہے — کسی کو کسی سے کوئی واسطہ نہیں۔ اتنی دیر سے اگر وہ گانو میں گھوم رہا ہوتا تو ضرور کوئی پوچھتا — کیا بات ہے؟ کسے تلاش کر رہے ہو۔ ؟ لیکن یہاں لگتا ہے ساری زندگی بھی گھومتا رہوں تو کوئی نہیں پوچھے گا۔ اور اگر پوچھے تو وہ کیا بتائے — وہ کون ہے ؟ ؟ — اور کسے تلاش کر رہا ہے — ؟ پھر تیز روشنیاں آہستہ آہستہ بجھنے لگیں۔ اب بہادر تھک گیا تھا اسے نیند بھی آ رہی تھی — کھانا گھوڑا گاڑی سے اترتے ہوئے وہ کھا چکا تھا۔

بہادر کہاں سوئے — زندگی میں اس کی یہ پہلی رات تھی جب اسے سونے کے لیے سوچنا پڑا آخر اس نے ایک بند دکان کے آگے سونے کا فیصلہ کیا اور ادھر ادھر دیکھ کر کہ کوئی ہے تو نہیں۔ وہ لیٹ گیا۔ لیٹا تو زمین سخت لگی۔ جلدی سے اٹھ کر بیٹھ گیا۔ پھر خیال آیا آخر سونا تو یہیں ہے۔ پھر دوبارہ لیٹ گیا۔

تھوڑی دیر بعد سوتے میں محسوس ہوا کہ کوئی اس کی جیب کی تلاشی لے رہا ہو۔ آنکھ کھلی تو ایک آدمی کو اپنے اوپر جھکے ہوئے دیکھا۔ بہادر چیخ کر اٹھ بیٹھا۔ کون ہو تم۔ ؟
میں ایک ہمدرد آدمی — وہ آدمی اطمینان سے بولا۔ تم کیا کر رہے تھے — ؟ بہادر نے پوچھا۔

تمہاری جیب میں پیسے رکھ رہا تھا۔اس آدمی نے جواب دیا۔
کیوں؟
اس لیے کہ تمہارے پاس پیسے نہیں ہیں اور بغیر پیسوں کے تم شہر میں ایک قدم بھی نہیں چل سکتے۔ تمہاری طرح میرے کئی بیٹے ہیں۔ کیا تم گھر سے ناراض ہو کر آئے ہو۔۔۔۔آدمی نے پوچھا۔
نہیں۔۔۔۔بہادر نے جواب دیا۔
پھر آخر یہاں کیوں ہو۔۔۔۔تم کسی اچھے گھر کے بچے معلوم ہوتے ہو۔ میرے بیٹے مجھے اپنے حالات بتاؤ میں تمہاری مدد کرنا اپنا فرض سمجھوں گا۔ اس آدمی کی ہمدردی سے بہادر کی آنکھوں میں آنسو آ گئے۔ اس نے اپنی پوری کہانی سنا دی۔۔۔۔اس آدمی نے کہانی سن کر اپنے آنسو پونچھے۔
بڑی درد ناک کہانی ہے۔۔۔۔میرے بچے آج سے تم اکیلے نہیں ہو۔ میں تمہارے ساتھ ہوں آؤ میرے گھر چلو۔۔۔۔اس آدمی نے دکھ سے کہا۔
بہادر کو محبت کے دو بول چاہیے تھے۔ وہ اس کے ساتھ ہو لیا۔ ایک تانگے میں بیٹھ کر یہ لوگ ایک بڑے سے مکان میں آ گئے۔
بہادر بیٹے یہ میرا گھر ہے۔۔۔۔وہ بولا۔
اچھا۔۔۔۔بہادر نے مکان دیکھا اسے پسند آیا۔ کتنا بڑا سا ہے۔ جیسے کوئی محل۔
مکان کے اندر بہت سے کمرے تھے۔ اس آدمی نے بہادر کو ایک کمرے میں پلنگ پر لٹا دیا۔ اب تم سو جاؤ۔ صبح ملاقات ہو گی۔۔۔۔بہادر کو نئی جگہ نیند نہیں آتی تھی مگر نہ جانے کیسے وہ گہری نیند سو گیا۔ اس کی آنکھ کھلی تو سورج نکلے بہت دیر ہو چکی تھی۔ اتنے میں رات والا آدمی داخل ہوا۔
کہو کیسی نیند آئی بہادر بیٹے۔۔۔۔اس نے پوچھا۔

بہادر نے دیکھا اس آدمی کا چہرہ خاصا خراب تھا۔ کئی جگہ سے کھال کٹی ہوئی تھی —— اگر وہ اتنی ہمدردی نہ کرتا تو بہادر اس سے ضرور ڈرتا۔ چہرے سے کیا ہوتا ہے —— بہادر نے سوچا۔

خوب نیند آئی —— بہادر نے اس آدمی کو جواب دیا۔

اچھا ابھی ناشتا بھیجتا ہوں —— وہ آدمی چلا گیا —— بہادر نے منہ ہاتھ دھویا۔ تھوڑی دیر میں ایک آدمی گرم گرم پراٹھے اور قیمہ لے کر آیا۔ اس کے ساتھ چائے تھی۔ بہادر ناشتا کر چکا تھا وہ آدمی پھر واپس آیا۔

آج تم سارے دن آرام کرو گے —— اس کے بعد کل بات ہوگی۔

تم پڑھنا چاہو —— یا کوئی کام سیکھنا چاہو —— تو بتا دینا۔ وہ آدمی بولا۔

بہادر سوچتا رہا —— خدا نے اس کے لیے ایک اور ہمدرد پیدا کر دیا ہے۔ کہیں یہ بھی اوروں کی طرح مر نہ جائے۔

پھر کئی دن ہوئے نہ بہادر کو باہر نکلنے دیا۔ نہ وہ اسکول گیا نہ کوئی کام سکھایا۔

بہادر پریشان تھا کہ آخر اسے باہر نہیں جانے دیا جاتا۔ وہ اس گھر میں کیا کرے وہاں کئی اور بچے بھی تھے۔ مگر وہ سب صبح سویرے چلے جاتے اور شام کے بعد واپس آتے۔ وہ نہ جانے کیا کام کرتے تھے۔

ایک دن ایک لڑکا اس کے کمرے میں آگیا۔ اور اس نے ڈرتے ڈرتے اسے بتایا کہ بہادر جتنی جلدی ہو سکے یہاں سے بھاگ جائے۔ اس لیے کہ یہ لوگ اس کا پانو کاٹ دیں گے۔ اس کے بعد اسے سڑک کے کنارے ڈال دیا جائے گا۔ لوگ ترس کھا کر بھیک دیں گے۔ وہ سب یہاں کے لوگ جمع کریں گے

لیکن ——؟ بہادر پریشان ہو گیا۔

یہ بچوں کو پکڑ کر ان کے ہاتھ پانو کاٹ دیتے ہیں اور پھر بھیک منگواتے ہیں۔ یہ دیکھو میرا ہاتھ—— بچے نے بہادر کو دکھایا اس کا ہاتھ کہنی تک کٹا ہوا تھا۔

بہادر یہ دیکھ کر لرز گیا—— اس کا پانو کاٹ دیا جائے گا۔ پھر وہ اسی دنیا کی سڑکوں پر کبھی نہ چل سکے گا۔ نہیں نہیں ایسا نہیں ہو سکتا۔

کل صبح کسی وقت تمھارا پانو کاٹ دیا جائے گا۔ لڑکے نے سرگوشی کی۔

اتنے میں کسی کے آنے کی آہٹ ہوئی اور لڑکا کمرے سے بھاگ گیا۔

بہادر کو ساری دنیا اندھیری نظر آنے لگی۔ وہ سوچنے لگا۔ اب اسے کیا کرنا چاہیے۔ کہاں جانا چاہیے۔ شہر میں اسے کوئی نہیں جانتا۔ اسے کون پناہ دے گا۔ اس نے فیصلہ کیا کہ اپاہجوں کی زندگی گزارنے سے بہتر ہے کہ وہ مر جائے۔ کسی سڑک کے کنارے پڑ کر ایک ایک پیسا بھیک مانگنے سے مرجانا زیادہ اچھا ہے۔ پھر اس نے سوچا کہ جب مرجانا ہی قسمت میں لکھا ہے تو ایک بار یہاں سے نکلنے کی کوشش ضرور کرنی چاہیے۔

ابھی وہ سوچ ہی رہا تھا کہ رات کا کھانا آگیا۔ بہادر نے ڈر کے مارے کھانا بھی نہیں کھایا۔ اور رات زیادہ ہونے کا انتظار کرنے لگا۔ اس نے پورا مکان نہیں دیکھا تھا۔ پھر بھی اسے خیال تھا کہ کمرے کے دائیں طرف عموماً زیادہ گفتگو کی آوازیں آتی ہیں۔ اس لیے کوئی راستہ اُدھر ہوگا۔

آہستہ آہستہ رات گہری ہوتی گئی۔ اور چاروں طرف اندھیرا چھا گیا۔ بہادر نے سوچا اب بھاگ نکلنے کا موقع ہے۔ وہ آہستہ سے اٹھا۔ اس کا دل زور زور سے دھڑک رہا تھا۔ اب نہ جانے کیا ہو—— وہ باہر نکل سکے یا نہیں۔ اس نے سوچا اگر میری قسمت میں یہاں سے بھاگ کر جانا ہے تو مجھے کوئی نہیں روک سکتا۔ اور اگر پکڑا جانا ہے تو مجھے کون بچا سکتا ہے۔ باہر نکلنے سے پہلے اس نے دھڑکتے ہوئے دل سے

خدا سے کامیابی کی دعا مانگی۔ دعا مانگنے کے بعد اس کے دل کو تسلی ہو گئی۔ اس نے کمرے سے جھانک کر دیکھا آنگن میں ایک آدمی پانی کا نل کھولے پانی پی رہا تھا۔ اس کا مطلب ہے کہ اسے ابھی کچھ دیر اور انتظار کرنا ہوگا۔ بہادر کو کبھی ماموں کا گھر یاد آتا۔ کبھی بوڑھا۔ اور اس کی سفید بھیڑیں۔ اور کبھی اس کی ماں جب رات اور گہری ہو گئی تو بہادر دبے قدموں سے باہر نکلا۔ چاروں طرف اندھیرا تھا۔ بہادر علی نے ایک لمحہ باہر کھڑے ہو کر فیصلہ کیا کہ اسے کہاں جانا چاہیے۔ اور سامنے کی طرف چل پڑا۔ اس نے آنگن پار کیا تھا کہ کھٹکا ہوا۔ اور کسی نے دور سے پکار کر پوچھا۔ کون ہے؟ بہادر کو اوپر کا سانس اوپر اور نیچے کا نیچے رہ گیا وہ لپک کر ایک ستون کی آڑ میں چھپ گیا۔ ایک بار پھر کسی نے پوچھا "کون"؟ اور جواب نہ پا کر آنگن میں نکل آیا۔ پھر کسی کو نہ پا کر واپس چلا گیا۔ بہادر تھوڑی دیر وہاں کھڑا رہا۔ پھر دوبارہ ستون کے پیچھے سے نکل کر دائیں طرف چل پڑا۔ وہ چاروں طرف چکر لگا چکا لیکن کوئی راستہ باہر جانے کا نہ ملا۔ بہادر علی مایوس ہونے لگا۔ اچانک عجیب بات ہوئی کسی نے دروازہ کھٹکھٹایا۔
بہادر علی اچھل پڑا۔ وہ جہاں کھڑا تھا اس کے بے حد نزدیک کوئی باہر سے دروازہ کھٹکھٹا رہا تھا۔ اس سے پہلے کہ کوئی اور دروازے پر آتا بہادر بھاگ کر دروازے پر پہنچا۔ اور دروازہ کھولنے کے لیے کنڈی کی طرف ہاتھ بڑھایا۔ لیکن وہاں ایک بڑا سا تالا لگا تھا۔ اب کیا ہوگا؟ اتنے میں کسی کے قدموں کی چاپ سنائی دی۔ بہادر علی گھبرا گیا۔ دور سے اندھیرے میں ایک آدمی اسی طرف آرہا تھا۔ بہادر علی نے سوچا وہ چپ چاپ دیوار سے لگ کر کھڑا ہو جائے تو شاید وہ بچ جائے — آدمی دروازہ کی طرف آیا۔ ایک تو اندھیرا۔ دوسرے آنے والا شاید نیند سے اُٹھ کر آیا تھا۔ اس لیے اس نے بہادر کو دیوار سے لگے نہیں دیکھا۔ کون ہے —؟ اس نے پوچھا۔ "غفور" کسی نے باہر سے جواب دیا۔ "اچھا" تالے میں چابی پڑی اور تالا کھل گیا، دروازہ ذرا

سا سر کا باہر کا آدمی اندر آنے لگا تو اچانک ایک لمحہ میں بہادر علی تیر کی طرح دروازے کی طرف بھاگا۔ اندر آنے والے آدمی کو اس نے دھکا دیا اور باہر بھاگ گیا۔ اندر اور باہر والے دونوں آدمی کچھ بھی نہ سمجھ سکے کہ یہ ہوا کیا ؟ اور چند لمحوں کے بعد جب انھیں احساس ہوا کہ کوئی لڑکا بھاگ نکلا ہے تو دونوں باہر بھاگے۔ اس عرصہ میں بہادر علی نے آدھی گلی طے کر لی تھی۔ یہ دونوں اس کے پیچھے بھاگے۔ بہادر علی جان لڑا کر پوری قوت سے بھاگ رہا تھا۔ ایک گلی سے دوسری گلی۔ وہ سوچ رہا تھا۔ اگر کوئی گلی آگے سے بند ہو گئی تو کیا ہو گا۔ لیکن ٹانگوں کو کوئی ڈر نہیں تھا۔ وہ بھاگ رہا تھا۔ دونوں آدمی اس کے بے حد نزدیک آ گئے تھے۔ یکایک گلی چوڑی ہو کر ایک بڑی سی سڑک پر جا ملی۔ بہادر علی بھاگ کر سڑک پر آیا سامنے سے ایک تیز رفتار کار کی روشنیاں اس پر پڑی۔ بہادر علی نے ہاتھ اٹھا کر کار روکنی چاہی لیکن کار اتنی تیز تھی کہ رکتے رکتے بھی بہادر سے ٹکرا گئی۔ کار سے ایک آدمی نکلا اور بہادر علی پر جھک گیا۔ دونوں آدمی بھی بہادر کے نزدیک آ گئے۔

"زیادہ چوٹ نہیں آئی"۔ وہ آدمی بولا۔" ذرا میری مدد کیجیے میں اسے ہسپتال لے چلوں"

"ہسپتال کی کیا ضرورت ہے۔ ہم لوگ لے جاتے ہیں۔ مرہم پٹی کرا لیں گے"۔ ایک آدمی بولا

نہیں نہیں۔ بہادر علی نے کراہتے ہوئے کہا۔ خدا کے لیے مجھے ان سے بچایئے یہ میرا پانو کاٹ دیں گے۔

کیا مطلب۔ پانو کاٹ دیں گے۔ کار والے نے پوچھا۔

"جی ہاں۔ پھر بھیک منگواتے ہیں۔ مجھے بچا لیجیے۔"

یکایک وہ دونوں آدمی بھاگ کھڑے ہوئے۔ کار والے نے حیرت سے انہیں بھاگتے دیکھا اور پھر بہادر کو اٹھا کر کار میں لٹا دیا۔ اس کے پانو سے خون بہہ رہا تھا۔ بہادر سوچ رہا تھا۔

اب اس کا پانوٗ کٹنے سے بچ گیا ہے ۔ وہ ایک بار پھر اپنے قدموں پر چل کر بڑا آدمی بننے کے راستے پر چل سکتا ہے ۔

بہادر علی کے دل میں ایک بار پھر ڈر پیدا ہوا ۔ نہ جانے یہ گاڑی والا کیسا آدمی ہے یہ اس کے ساتھ کیا کرے گا ۔ ؟

بہادر علی نے سوچا اس نے ہمت کر کے اپنی جان بچالی ہے ۔ اب آگے اس کی قسمت ۔ گاڑی والا چپ چاپ تھا ۔ ایک دو بار اس نے پلٹ کر دیکھا ۔ اور بہادر علی کو ہوش میں دیکھ کر مطمئن ہو گیا ۔

سڑک سے گاڑی ایک گلی میں داخل ہوئی اور تھوڑی دور جا کر ایک عمارت کے سامنے رک گئی جہاں بڑا سا سرخ جمع کا نشان روشن تھا ۔ گاڑی والا نیچے اترا تو ایک چوکیدار نے اسے لپک کر سلام کیا ۔

ادھر آؤ ۔ مجھے اس بچے کو اتارنے میں مدد دو ۔

اچھا ڈاکٹر صاحب ۔ چوکیدار نے کہا ۔

تو یہ ڈاکٹر ہے ـــــ بہادر علی نے سوچا ۔ اور یہ ہسپتال ہے ۔ ویسا ہی جیسا اس کے گانوٗ میں تھا ۔ لیکن گانوٗ کا ڈاکٹر تو بہت خراب تھا ۔ ایک بار اسے بخار آیا تو اس نے سوئی لگائی تھی اور کڑوی دوا بھی پینے کے لیے دی تھی ۔ لیکن یہ ڈاکٹر تو اچھا معلوم ہوتا ہے ۔

بہادر علی کو اٹھا کر اندر لے جا کر ایک میز پر لٹا دیا گیا ۔ ڈاکٹر نے اوپر سے دو تین بلب روشن کیے اور پنڈلی کی چوٹ کو دیکھا ۔ اتنے میں ایک اور آدمی داخل ہوا ۔

ڈاکٹر صاحب زیادہ چوٹ تو نہیں آئی ۔ وہ بولا ۔

نہیں ہڈی محفوظ ہے ۔ ایک نس پھٹ گئی ہے ۔ ڈاکٹر بولا اور روئی سے خون صاف کرنے

لگا۔ پھر اسے دھو کر اس نے کوئی دوا لگائی اور پٹی باندھ دی۔ بہادر علی کو بڑا سکون محسوس ہوا جیسے اس کی پنڈلی میں ٹھنڈ پڑ گئی ہو۔ اتنے میں چوکیدار ایک گلاس دودھ کا لے آیا۔

لو بیٹے یہ دودھ پی لو۔ ڈاکٹر بولا۔

بہادر علی نے چونک کر دیکھا۔ کہیں بوڑھا دوبارہ تو زندہ نہیں ہو گیا۔ ڈاکٹر بڑی محبت سے اسے گلاس دے رہا تھا۔

بہادر علی نے گلاس لے لیا۔ گرم اور میٹھا دودھ اسے بہت لذیذ لگا۔ دودھ پی کر اس نے کچھ بولنا چاہا۔ لیکن ڈاکٹر نے اسے منع کر دیا۔

اس وقت تم سو جاؤ۔ صبح بات کریں گے ـــــ پھر اسے ایک پہیوں والے بستر پر لٹا کر ایک صاف ستھرے کمرے میں جا کر لٹا دیا گیا۔

ڈاکٹر اسے خدا حافظ کہہ کر چلا گیا۔ تو بہادر علی نے پھر سوچا کہ یہ ضرور وہی بوڑھا ہے جو اسے دھوکہ دے کر پہاڑ سے شہر چلا آیا ہے۔ اور یہاں آ کر بھی لوگوں کا علاج کر رہا ہے۔ یہی سوچتے سوچتے بہادر علی گہری نیند سو گیا۔

دو ایک بار چوکیدار نے آ کر جھانکا اور اسے پُرسکون سوتے ہوئے دیکھ کر واپس چلا گیا۔

بہادر علی کی آنکھ کھلی تو دور سے موذّن کی آواز آ رہی تھی۔

اللہ سب سے بڑا ہے ـــــ اللہ سب سے بڑا ہے۔

بے شک اللہ سب سے بڑا ہے ـــــ بہادر علی نے دُہرایا ـــــ تھوڑی دیر میں پرندے چہچہانے لگے۔ بہادر نے کمرے کی کھڑکی سے جھانکا۔ باہر خوش رنگ پھول کھلے تھے اور دو تین درختوں پر سرخ سرخ لیچیاں لدی ہوئی تھیں۔ چاروں طرف روشنی پھیلی ہوئی تھی۔ ایک نیا روشن دن طلوع ہو چکا تھا۔ بہادر علی کا دل خوشی سے بھر گیا۔ اس نے اپنے جسم میں نئی طاقت محسوس کی۔ اس کا

جی چاہا وہ کچھ کرے۔ کام کرے۔ کوئی کام۔ اپنے بازوؤں سے۔ اپنے ہاتھوں سے۔

دروازہ کھلا۔ سفید کپڑے پہنے ایک نرس داخل ہوئی۔ اس کے ہاتھ میں ناشتے کی ٹرے تھی۔ بہادر نے سلام کیا۔

جیتے رہو۔ رات نیند ٹھیک آئی۔ اس نے پوچھا۔

جی ہاں ——— ڈاکٹر صاحب ——— بہادر نے پوچھنا چاہا۔

وہ نو بجے آئیں گے ——— تم ناشتا کرلو ——— نرس آہستہ سے دروازہ بند کر کے چلی گئی۔

ہلکے ہلکے سنہرے سِکے ہوئے ڈبل روٹی کے ٹکڑے۔ نیم گرم اُبلے ہوئے انڈے۔ نمکین مکھن اور مزیدار چائے پی کر بہادر علی بہت خوش ہوا۔

نو بجے ڈاکٹر آیا۔ لیکن وہ جلدی میں تھا بہت سے مریض اس کا انتظار کر رہے تھے۔ اس نے دوپہر کو آنے کا وعدہ کیا۔ اور چلا گیا۔

دوپہر کو ڈاکٹر نے بہادر علی کے حالات سُنے۔ اور شام کو دوبارہ آنے کے لیے کہہ کر چلا گیا۔

ڈاکٹر نے اس سے کہا۔ وہ بہادر علی کے لیے کوئی کام تلاش کرے گا۔

بہادر علی کی ٹانگ اب ٹھیک ہو چکی تھی۔ اس نے ڈاکٹر سے کہا کہ اگر وہ اسے اپنے ہسپتال میں رکھ لے تو وہ محنت سے کام کرے گا۔ اسے کچھ نہیں چاہیے۔

ڈاکٹر نے اسے اپنے کمپونڈر کے ساتھ کام پر لگا دیا۔ بہادر دوبارہ وہی کام کرنے لگا۔ جو وہ بوڑھے کے ساتھ کرتا تھا لیکن یہاں اسے کمپونڈر بالکل پسند نہ آیا۔ مکروہ شکل کا کمپونڈر بہادر کو نوکروں کی طرح بلاتا۔ بہت کام لیتا۔ ڈانٹتا اور جھڑکتا رہتا۔ کبھی کبھی ڈاکٹر سے شکایت بھی کر دیتا اس دن بہادر علی خوب رویا۔ وہ جتنی محنت سے کام کرتا۔ کمپونڈر اسے اتنا ہی

ناپسند کرتا۔ بہادر کی سمجھ میں نہ آتا وہ کیا کرے۔

ایک آدھ بار اسے ڈاکٹر نے کام نہ کرنے پر ڈانٹا۔ کمپونڈر دوائیں چرا کر بیچ دیتا تھا۔ انجکشن کے بجائے پانی کے ٹیکے لگاتا۔ مریضوں سے پیسے لیتا تھا اور بہادر علی کو یہ سب معلوم تھا۔ کمپونڈر کو ڈر تھا کہ کسی دن بہادر ڈاکٹر سے شکایت نہ کر دے۔ لیکن اسے ماں کی نصیحت یاد تھی۔ "برائی سے لڑنے کے لیے برے ہتھیار استعمال نہیں کرنے چاہیں؛ اس نے دو ایک بار کمپونڈر کو سمجھانے کی کوشش کی مگر ہر بار اس نے جھڑک دیا۔

ڈاکٹر جب کسی مریض کو دیکھتا تو ایک کاغذ پر دوا اور پیسے لکھ دیتا تھا اور مریض وہ کاغذ لے کر کمپونڈر کے پاس آتا تھا۔ کمپونڈر دوا بنا کر دیتا اور پیسے لے لیتا تھا۔ کمپونڈر جس مریض کو ان پڑھ سمجھتا اس سے دو ایک روپیہ زیادہ لے لیتا۔ بہادر کو یہ بات نرس نے بتائی تھی۔ کبھی کبھی ایسا بھی ہوا کہ کمپونڈر نے مریض سے دوا کے پانچ روپے لیے۔ بہادر ہندسے پڑھ سکتا تھا جب اس نے کاغذ دیکھا تو اس پر صاف تین روپے لکھے تھے۔

ایک دن کیا ہوا کہ ڈاکٹر دوپہر کو گھر جانے ہی والا تھا کہ کمپونڈر ایک لمحہ کے لیے باہر گیا اور جب لوٹ کر آیا تو فوراً اس دراز کی طرف گیا جہاں وہ مریضوں سے پیسے لے کر رکھتا تھا۔ ایک دم سے وہ پلٹا اور اس نے بہادر علی کے زور سے تھپڑ مارا۔ اور چیخ کر بولا۔ "چوری کرتا ہے"۔ بہادر علی حیران رہ گیا۔ کمپونڈر نے اسے بری طرح مارنا شروع کر دیا۔ شور سن کر ڈاکٹر اور نرس دوڑ کر آئے۔

کیا ہوا ــــ ڈاکٹر نے پوچھا۔

جناب اس نے دراز سے دس روپے چرا لیے ــــ کمپونڈر نے کہا۔

دس روپے چرا لیے ــــ ڈاکٹر نے حیرت سے پوچھا۔

"جی ہاں ---- اور اس کی جیب سے نکلے ہیں" ---- کمپونڈر نے دس روپے کا نوٹ ڈاکٹر کو دکھایا ---- بہادر علی حیران کھڑا تھا۔

ڈاکٹر صاحب میں نے چوری نہیں کی۔ بہادر نے روتے ہوئے کہا۔

چوری نہیں کی۔ کمپونڈر نے اسے دوبارہ مارا۔

بس بس۔ اسے مت مارو۔ ڈاکٹر نے کہا۔

ڈاکٹر صاحب۔ یہ بالکل غلط کہہ رہا ہے۔ میں نے چوری نہیں کی۔ میں چور نہیں ہوں۔ بہادر نے سسکتے ہوئے بتایا۔

ڈاکٹر صاحب یہ جھوٹ بولتا ہے ---- کمپونڈر نے کہا۔

میں نے تمہیں ایک اچھا لڑکا سمجھ کر یہاں رکھا تھا۔ ۔ ۔ ۔ ۔ ڈاکٹر بولا۔

ڈاکٹر صاحب ۔ ۔ ۔ ۔ بہادر نے کہنا چاہا۔

"بہادر کا حساب کر دو۔" ڈاکٹر نے کمپونڈر سے کہا اور چلا گیا۔

تھوڑی دیر بعد اسے دھکے دے کر باہر نکال دیا گیا۔ دنیا کے بھرے پڑے بازاروں میں وہ پھر تنہا ہو گیا۔

ایک سوال پھر اس کے سامنے تھا۔ وہ کہاں جائے ؟ اب کیا کرے ۔ ؟

اس کا دماغ اسی الجھن میں تھا اور قدم جانے کہاں کہاں لیے پھر رہے تھے۔ سجی سجائی دکانیں شیشوں کی الماریوں میں ترتیب سے رکھے ہوئے سامان، مٹھائیوں کی دکانیں۔ کھانے کے ہوٹل۔ خوب صورت مکان۔ سڑک پر دوڑتے تانگے۔ رکشائیں۔ موٹریں۔ پیدل چلتے ہوئے لوگ چیزیں خریدتے بیچتے۔ ایک دوسرے سے ملتے۔ بچھڑتے لوگ۔ زندہ لوگ۔ لیکن ان لوگوں میں سے کسی کو اتنی فرصت نہ تھی کہ چند لمحوں کے لیے رک کر پوچھے ---- بہادر علی ---- تو اداس

اداس کیوں پھر رہا ہے؟ تیری جیب میں پیسے ہیں یا نہیں — !

"تو بھوکا تو نہیں —"

دائیں بائیں آگے پیچھے لوگوں کا ہجوم تھا۔ قسم قسم کی آوازیں تھیں۔ پھر یہ آوازیں آہستہ آہستہ کم ہوتی گئیں۔ اور بہادر نے اپنے آپ کو ایک پارک میں پایا۔ پھر اسے احساس ہوا کہ وہ بہت چل چکا ہے۔ اور اسے بھوک بھی لگی ہے —— سامنے ایک آدمی ہینڈ پمپ سے پانی پی رہا تھا۔ بہادر علی کو محسوس ہوا وہ پیاسا بھی ہے۔ جب وہ آدمی چلا گیا۔ بہادر نے ایک ہاتھ سے نل چلانا شروع کیا اور دوسرے ہاتھ سے پانی پینے لگا۔ وہ جھکا ہوا تھا اتنے میں اس نے محسوس کیا کہ کسی اور نے نل چلانا شروع کر دیا ہے۔ اس نے دونوں ہاتھوں کو پیالہ کی شکل بنا کر ٹھنڈا ٹھنڈا پانی خوب پیٹ بھر کر پیا اور منہ بھی دھو لیا۔ بہادر نے اپنے محسن کو دیکھا جس نے نل چلایا تھا۔ وہ ایک عام سا بوڑھا تھا بہادر نے اب اس کے لیے نل چلایا۔ بوڑھے نے پانی پیا۔ اور دعائیں دیتا ہوا چلا گیا۔ وہ سوچنے لگا۔ میری ماں بھی مجھے دعائیں دیتی تھی۔ اس بوڑھے نے بھی دعائیں دیں پھر آخر میری قسمت میں اتنے دھکے کیوں لکھے ہیں۔ آخر کب تک میں یوں ٹھوکریں کھاتا پھروں گا۔ پھر اس کے دل میں ایک خیال آیا۔ وہ اتنا چھوٹا سا ہے کہ اس دنیا کے لوگوں سے لڑ نہیں سکتا۔ اسے انتظار کرنا ہوگا۔ جب تک اس کے بازوؤں میں زیادہ طاقت پیدا نہ ہو۔ پھر وہ ہر بڑے آدمی سے لڑ سکتا ہے۔ اپنا حق مانگ سکتا ہے —— خوش رہ سکتا ہے۔

بہادر علی ایک سایہ دار درخت کے نیچے لیٹ کر سوچنے لگا۔ آج رات وہ کہاں گزارے اب وہ کہاں جائے —— ؟ پھر نہ جانے وہ کب سو گیا۔ آنکھ کھلی تو سورج غروب ہو رہا تھا۔ وہ ہڑبڑا کر اٹھ گیا۔ پارک میں بچے کھیل رہے تھے۔

لوگ گھاس میں بیٹھے خوش گپیوں میں مصروف تھے. کھانے پینے کی چیزیں بیچنے والے آوازیں لگا کر لوگوں کو متوجہ کر رہے تھے. بہادر علی کو اب خوب بھوک لگنے لگی تھی۔ س نے جیب میں ہاتھ ڈالا. اور خوشی سے اچھل پڑا. اس کی جیب میں ایک روپے کا نوٹ تھا اس وقت ساری دنیا کا خزانہ بھی اگر مل جاتا تو بہادر شاید اتنا خوش نہ ہوتا. اس نے اپنے جسم میں نئی طاقت محسوس کی۔ وہ اٹھا اور سامنے سے چار آنے کے چنے لے آیا. گرم گرم سوندھے نمک لگے چنے. بہادر ایک ایک چنا مزے لے کر کھاتا رہا. چنے کھا کر نل سے پانی پیا تو خوب پیٹ بھر گیا. اس نے آسمان کی طرف دیکھا. سورج ڈوب چکا تھا. تھوڑی دیر میں رات ہو جائے گی. وہ کہاں جائے گا. اس نے سوچا پارک سے کسی اور جگہ چلنا چاہیے۔

ابھی وہ آہستہ آہستہ پارک سے گزر رہا تھا کہ کسی نے اسے آواز دی۔ "بہادر" —— بہادر چونک پڑا۔ آخر اسے کون پکار رہا ہے اس نے سوچا یہ اس کا وہم ہے. اس شہر میں کسے معلوم کہ میں بہادر ہوں۔ پھر دل کو ایک خوف سا محسوس ہوا. کہیں ماموں تو اسے تلاش کرتے شہر آ گئے ہوں۔ ایک بار پھر کسی نے زور سے اس کا نام لیا۔ "بہادر" بہادر کو اپنے کانوں پر یقین نہ آیا۔ اس نے دھڑکتے دل سے پلٹ کر دیکھا. سامنے ایک آدمی کھڑا تھا. گلے میں مفلر ڈالے بڑی بڑی خوفناک سی مونچھیں —— بہادر ڈر گیا۔

"ڈر گیا" —— وہ آدمی ہنسا —— سفید سفید دانت چمکے۔

تو مجھے کیا پہچانتا ہوگا۔ میں رحیمو ہوں. تیرے ماموں کے گاؤں میں کسان تھا۔

جب تو وہاں سے بھاگا تو میں گاؤں میں تھا. تیرے جانے کے بعد ماموں بڑا پریشان ہوا —— لیکن تو نے اچھا ہی کیا۔ بھلا اس گاؤں میں کیا رکھا تھا —— تو ٹھہرا کہاں ہے۔ وہ بولا۔

کہیں بھی نہیں ـــــ بہادر نے جواب دیا۔

بس ٹھیک ہے ـــ میرے ساتھ چل ـــ ہم دونوں ساتھ رہیں گے۔ میں تجھے اپنے ساتھ کام پر لگاؤں گا۔ تجھے ماں تو یاد نہیں آتی۔

بہادر کو وہ آدمی بہت اچھا لگا۔ کتنے دنوں بعد کسی نے اس کی ماں کے لیے پوچھا تھا۔

بہادر نے اقرار میں سر ہلا دیا۔

ماں کیوں نہ یاد آئے گی۔ اس نے بہادر کے کندھوں پر ہاتھ رکھا۔

چل تو نے کچھ کھایا بھی نہ ہوگا ـــ بہادر ہچکچایا ـــ تو اس نے پیار سے کہا۔

دیکھ بہادر مجھے تو اپنا ماموں سمجھ ـــ ورنہ اس شہر میں کون کسے پہچانتا ہے۔

بہادر نے سوچا وہ ٹھیک کہہ رہا ہے ـــ اس شہر میں واقعی کوئی کسی کو کیوں پہچانے۔ ہر شخص مصروف ہے۔ ہر شخص بھاگ رہا ہے۔ کہاں؟ یہ خود انھیں بھی معلوم نہیں۔

بہادر اور وہ آدمی دونوں ساتھ ساتھ پارک سے نکلے۔ وہ سمجھا رہا تھا۔

یہ شہر بڑا ظالم ہے۔ آدمی کو نہیں پہچانتا۔ ایمانداری۔ محنت سب بیکار ہے ـــ یہاں تو پیسا ہونا چاہیے۔ پھر یہ شہر قدموں میں جھک جاتا ہے۔ جو چاہے کرو۔ پیسا ہے تو شرافت ہے۔ ورنہ سب بُرا سمجھتے ہیں۔ میں ایک محنتی کسان تھا۔ میں نے سوچا تھا شہر آ کر محنت مزدوری کروں گا۔ لیکن ایسا نہ ہوا ـــ میں مجبور ہو گیا کہ پیسا حاصل کروں ـــ خیر ـــ یہ بتاؤ ـــ کیا کھاؤ گے

میں نے کھانا کھا لیا ہے ـــ ماموں ـــ بہادر نے کہا۔

ناممکن ـــ یہ سب ہوٹل اور دکانیں صرف پیسے سے کھانا دیتی ہیں اور تمہارے پاس پیسے کہاں ہیں ـــ!

یہ ہیں ـــ بہادر نے اسے بارہ آنے دکھائے۔

وہ آدمی زور سے ہنسا ——— میرے بھولے بھانجے اس میں تو ایک کُتے کا پیٹ بھی نہیں بھر سکتا۔ آؤ آؤ ——۔

وہ بہادر کو ایک تندور پر لے گیا۔

گرم گرم سنہری روٹیاں ——— اور چٹ پٹا سالن ——— بہادر نے خوب پیٹ بھر کر کھایا۔ جیسے آج دنیا میں اس نے پہلی بار کھانا کھایا ہو۔ تب اسے پتا چلا کہ وہ تو بہت بھوکا تھا۔ کھانا کھا کر پانی پیا تو زیادہ مرچوں کی وجہ سے بہادر کا منہ جلنے لگا۔ پیسے دے کر وہ باہر نکلے اور ایک بڑی سی مٹھائی کی دکان پر پہنچے۔ اس آدمی نے پہلے دس میں تیرتی گلاب جامن منگوائیں۔ بہادر نے منہ میں رکھیں۔ خوشبو اور مٹھاس سے اس کا سارا منہ بھر گیا۔ اسے بہت مزیدار لگیں۔

اور منگاؤں ——— اس آدمی نے پوچھا۔ بہادر منع نہ کر سکا۔ اس نے خوب گلاب جامنیں کھائیں۔ اس کے بعد گرم گرم گاجر کا حلوا، دکان سے باہر نکلے تو یوں لگا کہ بہادر کو بہت نیند آرہی ہے۔ اس آدمی نے ایک رکشا روکا اور ہوا سے باتیں کرتے وہ ایک تنگ سی گلی میں پہنچ گئے۔ اس آدمی نے ایک کمرے کا دروازہ کھولا۔ اندر ایک کمرے میں دو چارپائیاں تھیں، برابر میں غسل خانہ۔ بہادر نے سب کچھ ایک ہی نظر میں دیکھ لیا۔

کیسا ہے ——— اس نے پوچھا۔

بہت اچھا ——— بہادر نے جواب دیا۔

اب تمہیں نیند آرہی ہے ——— تم سو جاؤ۔ باقی باتیں کل

بہادر کی آنکھیں نیند سے بوجھل ہو رہی تھیں۔ وہ چارپائی پر لیٹ گیا۔ اس نے دیکھا وہ آدمی الماری میں سے کچھ نکال رہا ہے۔ ایک بوتل سے کچھ گلاس میں انڈیلا اور پی گیا۔ پھر وہ عجیب بے ڈھنگے طریقہ سے گانے لگا۔ بہادر گہری نیند سو گیا۔

صبح اس نے بہادر کو جگایا۔ سورج نکلے دیر ہو گئی تھی۔

جلدی سے منہ دھو لو ۔۔۔ پھر ناشتا کرنا ہے۔

بہادر نے جلدی جلدی منہ دھویا۔ وہ دونوں ایک دکان پر پہنچے گرم گرم تنوری روٹیاں اور خوب چٹ پٹا سالن۔ بہادر علی کو بہت اچھا لگا۔ ناشتا کر کے دونوں نے دہی کی لسی پی اور وہ آدمی کام پر چلا گیا۔ جاتے وقت وہ بہادر کو کچھ پیسے دے گیا کہ شاید وہ دوپہر کو نہ آسکے تو وہ کھانا کھالے۔

دوپہر کو وہ آدمی واپس آگیا اور دونوں نے ایک ساتھ کھانا کھایا۔ کھانا کھا کر بہادر تو، کمرے میں آکر سو گیا اور وہ کام پر چلا گیا۔ شام کو وہ واپس آیا۔ تو بہادر کو لے کر ایک پارک میں گیا۔

پارک میں سامنے سے ایک صاف ستھرے کپڑے پہنے آدمی آ رہا تھا۔ نہ جانے کیا ہوا کہ وہ آدمی اس سے ٹکرا گیا۔

"دیکھ کے نہیں چلتے ہو۔" صاف ستھرے کپڑے والے آدمی نے غصے سے کہا

معاف کیجیے ٹھوکر لگ گئی تھی۔ اس نے معذرت کی اور بہادر کا ہاتھ پکڑ کر تیزی سے ایک طرف کو چل دیا۔ اور پھر اس نے بہادر سے کہا "چلو جلدی سے واپس چلو۔"

"کیوں" ۔۔۔ بہادر نے پوچھا۔

وہ آدمی . . . .

لیکن تم نے تو اس سے معافی مانگ لی تھی۔ بہادر نے کہا۔

"پھر بھی آؤ چلیں ۔۔۔ دونوں جلدی سے باہر نکلے، بہادر کی سمجھ میں کچھ نہ آیا۔

رات کو کھانے کے بعد اس نے پوچھا۔

ماموں تم مجھے کام پر کب لگاؤ گے۔

ہاں میں بھی سوچ رہا تھا کہ تم سے بات کروں۔ وہ بولا۔

میں چاہتا ہوں جلدی کام شروع کروں، لیکن کیا ہو گا۔

میں نے تمہیں بتایا تھا کہ یہ دنیا بڑی ظالم ہے۔ زمیندار نے مجھے میری زمین سے نکال دیا تھا۔ میرے پاس کھانے کو تھا نہ پہننے کو ـــــ اس لیے میں شہر چلا آیا۔ میری بازوؤں میں طاقت تھی۔ میرے پانو مضبوط تھے۔ میں کام کرنا چاہتا تھا۔ مگر یہ شہر کے لوگ صرف ایک طاقت کو جانتے ہیں۔ اور وہ ہے روپیہ۔

گانو میں روپیہ پیدا کرنے کے لیے زمین پر ہل چلا کر فصلیں اگائی جاتی ہیں درخت لگا کر پھل پیدا کیے جاتے ہیں۔ محنت مزدوری کر کے پیٹ بھرا جاتا ہے یہاں شہر میں محنت کی ضرورت نہیں۔ صرف چالاکی کی ضرورت ہے۔

اگر تم کسی کو دھوکا دے سکتے ہو تو بڑے آدمی ہو۔ چوریاں کر سکتے ہو تو معزز ہو ڈاکے ڈال سکتے ہو تو دولت مند ہو۔ میں نے ہاتھوں اور پیروں سے کھانا چاہا تو مجھے دھکّے ملے۔ میں نے مار کھائی۔ میں بھوکا مرا اور پھر آخر مجبور ہو کر میں نے صرف دو انگلیوں سے دولت پیدا کرنے کا فیصلہ کیا۔

دو انگلیوں سے ـــــ بہادر نے حیرانی سے پوچھا۔

" ہاں دو انگلیوں سے ـــــ میں لوگوں کی جیبیں کاٹتا ہوں۔

بہادر علی کے پیروں سے زمین نکل گئی۔

آج شام پارک میں، میں نے اس آدمی کی جیب کاٹی تھی

یہ تو بہت بُرا کام ہے ـــــ بہادر نے فکرمند ہو کر کہا۔

دنیا کے اچھے بُرے کاموں کا فیصلہ تو ہمارا دل کرتا ہے۔ ایک ڈاکٹر مرتے ہوئے آدمی کے انجکشن لگاکر فیس لے لیتا ہے۔ ہم اسے بُرا سمجھتے ہیں اور ڈاکٹر اسے اچھا کہتا ہے ——میرے بہادر —— میں نے اس دنیا کو اچھی طرح دیکھا ہے۔ اس نے مجھے بہت ستایا ہے —— اور اب میں انتقام لے رہا ہوں۔

لیکن میں یہ کام نہیں کروں گا۔ بہادر نے کہا۔

یہ تمھارا فیصلہ ہے۔ میں تم پر زور نہیں دوں گا۔ تم آزاد ہو۔ جس طرح میں آزاد تھا۔ میں نے خود سوچا تھا کہ کون سا کام میرے لیے اچھا ہے۔ تم جو چاہو کرو —— جب تک چاہو میرے ساتھ رہو۔

یہ کہہ کر اس نے الماری کھولی ایک بوتل اور گلاس نکالا۔

یہ تم کیا پی رہے رہو —— بہادر نے پوچھا۔

شراب —— اس نے جواب دیا۔

شراب —— بہادر نے چونک کر دیکھا۔

ہاں۔ شراب سکون کی دوا۔ جب میں پریشان ہوجاتا ہوں، تو یہ لال پری مجھے سکون دیتی ہے۔ مجھے مکئی کے کھیت یاد آتے ہیں۔

اپنی ماں —— اپنے گھر کے آنگن میں لگے ہوئے سیب کے درخت کے پھول۔ تب میں اُداس ہوجاتا ہوں۔ پھر شراب مجھے ان سب دکھوں سے آزاد کر دیتی ہے۔

یہ تو بہت بُری چیز ہے —— بہادر نے کہا۔

شروع میں میرا بھی یہی خیال تھا۔ اب سب کچھ اچھا ہے۔ کوئی چیز بُری نہیں۔

لیکن —— بہادر نے بولنا چاہا۔

تم چاہو تو میرے ساتھ رہ سکتے ہو۔ ایک آدمی کا کھانا میرے لیے زیادہ بوجھ نہیں بنے گا۔

نہیں نہیں۔ میں تمہارے ساتھ نہیں رہوں گا۔ بہادر نے کہا۔
تمہاری مرضی ـــــ پھر تم کیا کرو گے ـــــ؟ تمہیں کوئی کام نہیں آتا ۔ ۔ ۔ ۔
کوئی بات نہیں۔ میں بھوکا مر جاؤں گا۔ مگر جیب نہیں کاٹوں گا۔ بہادر نے جواب دیا۔
ٹھیک ہے۔ تم کل صبح چلے جانا۔
پھر دونوں چپ چاپ اپنی چارپائی پر لیٹ گئے۔ بہادر علی کے سامنے وہی پرانا سوال پھر آگیا۔ اب وہ کہاں جائے۔
صبح بہادر علی کی آنکھ کھلی تو وہ آدمی جانے کے لیے تیار تھا
چلو ناشتا کریں ـــــ وہ بولا
نہیں، میں تمہارے پیسے سے ناشتا نہیں کروں گا۔ بہادر علی نے جواب دیا۔
اچھا۔ اب تم کہاں جاؤ گے۔؟
مجھے خود نہیں پتا ـــــ بہادر بولا۔
بہادر نے منہ دھویا۔ وہ آدمی اس وقت بے حد رنجیدہ تھا۔
بہادر گھر سے جانے لگا تو وہ بولا۔
اگر ہمّت ہار دو تو یہاں چلے آنا۔ مجھے تمہاری صرف دو انگلیاں چاہییں پھر ہم خوب کام کریں گے۔
میں ایک چھوٹا سا بچّہ ہوں مگر ہمّت نہیں ہاروں گا۔ بہادر نے بڑے اعتماد سے کہا اور گھر سے نکل کھڑا ہوا۔
بہادر کے سامنے سڑکوں کا جال بچھا تھا۔ اور اس کے پانو اسے جگہ جگہ لیے پھر رہے تھے۔ دھوپ سر پہ آئی تو بہادر کو تیز بھوک لگی۔ اس نے جیب میں ہاتھ ڈالا۔ ارے یہ

گیا۔۔۔ اس کی جیب میں تو کئی نوٹ تھے۔

بہادر نے جیب سے ہاتھ نکال لیا۔ یہ نوٹ وہ خرچ نہیں کرے گا۔ کیا واپس کرے۔ لیکن یہ اس آدمی کے بھی نہیں تھے۔ لیکن وہ کھانا کیسے کھائے گا۔۔۔ کہاں رہے گا۔ اس نے آسمان کی طرف دیکھا اور کامل یقین کے ساتھ اللہ پر اعتماد کیا کہ وہی کھانے کو دے گا۔ اس نے وہ نوٹ جیب سے نکالے۔ نوٹوں کے ساتھ آٹھ آنے بھی تھے۔ بہادر اٹھنی دیکھ کر ایسا خوش ہوا کہ جیسے وہ بڑا آدمی بن گیا ہو۔۔۔ یہ آٹھ آنے اس کے روپے میں سے بچے تھے۔ جب وہ ڈاکٹر کے ہسپتال سے نکالا گیا تو اس کے پاس ایک روپیہ تھا۔ چار آنے کے چنے لیے تھے۔ بارہ آنے بچے تھے۔ چار آنے شاید کہیں گر گئے تھے۔ اور اب اس کے پاس آٹھ آنے تھے۔ اور ایک لمبی عمر پڑی تھی۔ سب سے پہلے بہادر نے سارے نوٹ ایک ایک کر کے فقیروں کو تقسیم کیے۔ اس کے بعد دو آنے کے چنے لے کر مزے سے کھائے اور ٹھنڈا ٹھنڈا پانی پی کر خدا کا شکر ادا کیا۔ دوپہر ڈھل گئی رات ہو گئی۔ اب بہادر علی کے لیے سونے کا مسئلہ تھا۔

اس نے سوچا کسی پارک میں سو جانا چاہیے۔ رات کے ۹ بجے سپاہی نے سب کو پارک سے نکال دیا۔ بہادر علی ایک درخت کی آڑ میں چھپ گیا۔ جب سپاہی چلا گیا تو وہ اطمینان سے آ کر ایک بینچ پر سو گیا۔ رات کو کسی وقت بہادر کی آنکھ کھل گئی۔ سپاہی اس کے سرہانے کھڑا تھا۔

"چل اٹھ یہاں سے۔ باپ کا گھر سمجھ کر سو رہا ہے"۔۔۔ سپاہی نے ڈانٹا بہادر اسے دیکھتا رہا۔

اٹھتا ہے یا ماروں ڈنڈا۔۔۔ سپاہی بہادر کو چپ دیکھ کر بولا۔

سنتری صاحب میرے ماں ہیں نہ باپ۔ میرا کوئی گھر نہیں ہے۔ مجھے یہاں سونے دیں۔
سب یوں ہی کہتے ہیں۔ چل یہاں سے ـــــ سپاہی نے پھر جھڑکی دی۔
میں نہیں جاتا۔ مجھے جان سے مار دیں۔
بہادر علی نے کچھ اس طرح کہا کہ سپاہی حیران رہ گیا ـــــ ایک لمحہ کو اس نے کچھ سوچا اور پھر بولا۔
"اچھا بابا۔ تم یہاں سو جاؤ" ـــــ اور چلا گیا۔
بہادر حیران رہ گیا۔ سپاہی اسے چھوڑ کر چلا گیا۔ بنچ پر دوبارہ لیٹ کر وہ آسمان پر جھلملاتے ستارے دیکھنے لگا۔ ماں کہتی تھی۔ ستارے مسافروں کو راستہ دکھاتے ہیں۔ میں بھی تو ایک مسافر ہوں۔ مجھے یہ راستہ کب دکھائیں گے۔ ستارے گنتے گنتے وہ کسی وقت سو گیا۔ صبح آنکھ کھلی تو سورج بہت دیر پہلے نکل آیا تھا۔ بہادر اٹھا اس نے منہ ہاتھ دھویا۔ اور پھر پارک سے نکل کھڑا ہوا۔
شام تک اس کے پاس پیسے بالکل ختم ہو گئے۔ رات کو پھر پارک میں آ کر سو گیا۔ لیکن آج وہ بھوکا تھا۔ پھر دن نکلا اور وہ سارے دن بھوک سے پریشان ہوتا رہا۔ اس نے خوب پانی پیا۔ رات کو وہ پارک میں لیٹا تو اس کا دل گھبرانے لگا۔ یوں لگتا تھا سینہ پر بڑا بوجھ ہے۔ سانس مشکل سے آ رہی تھی۔ بہادر نے سوچا شاید وہ مر رہا ہے۔ یہ سوچ کر اسے بڑا ڈر لگا۔ پھر اسے خیال آیا کہ مر گیا تو اس مصیبت سے تو جان چھوٹے گی۔ وہ مرنے کے لیے تیار ہو گیا۔ یکایک اسے بہت زور سے الٹی آئی۔ اسے یوں لگا کہ پیٹ کی آنتیں تک باہر نکل آئیں گی۔ پیٹ میں جتنا پانی تھا وہ سب نکل گیا۔ بہادر کو سکون ہو گیا۔ وہ سیدھا لیٹ گیا۔ پھر نہ جانے کب آنکھ لگ گئی۔ اس نے دیکھا وہ کسی کی جیب کاٹ کر بھاگ رہا ہے۔ اس کے پیچھے بہت

سے لوگ بھاگ رہے ہیں۔ "پکڑو پکڑو" "چور چور"۔ لوگ اس کے نزدیک آگئے۔ پھر گھبرا کر بہادر کی آنکھ کھل گئی۔ ابھی کافی رات باقی تھی۔ اور بھوک سے بُرا حال تھا۔ دل نے ایک مشورہ دیا۔ اس آدمی کے پاس چلا جاؤں۔ بہادر نے اس خیال کو دل سے نکال دیا۔ وہ بھوکا مر جائے گا۔ مگر چوری نہیں کرے گا۔

سورج نکلا اور اس کے ساتھ اس کی بھوک بھی بڑھنے لگی۔ وہ آہستہ سے اٹھا اور پارک سے نکل کھڑا ہوا۔ اب اسے محسوس ہوا کہ وہ خاصہ کمزور ہوگیا ہے اور زیادہ دور تک نہیں چل سکے گا۔ بہادر کو کہیں بھی نہیں جانا تھا۔ اس کے قدم یوں ہی اٹھ رہے تھے۔ ذرا سی دور چل کر اسے چکّر سا آیا اور وہ سڑک کے کنارے فٹ پاتھ پر بیٹھ گیا۔ سڑک کے دوسری طرف کئی منزلہ فلیٹ نظر آرہے تھے۔ یکایک ایک فلیٹ سے کسی نے ایک تھیلا نیچے سڑک پر پھینکا۔ تھیلا نیچے آکر پھٹ گیا۔ اس میں سے ایک روٹی کا ٹکڑا اور چند ہڈّیاں نظر آنے لگیں۔ بہادر نے دیکھا اس کی بھوک میں شدّت پیدا ہوئی۔ ایک لمحہ کے لیے اس نے سوچا۔ روٹی کا یہ ٹکڑا اسے اٹھا کر کھا لینا چاہیے۔ بڑا آدمی بننے کے لیے زندہ رہنا بے حد ضروری ہے — اور زندہ رہنے کے لیے خوراک — چوری سے بہتر ہے کہ وہ کسی کی جھوٹی روٹی کھالے۔

یہ ٹکڑا جو سڑک پر پڑا ہے۔ تھوڑی دیر میں کسی گاڑی کے نیچے آکر خراب ہو جائے گا۔ اگر میں اسے کھالوں۔ ایک دل کہتا۔ اسے اٹھا کر کھالو۔ پھر خیال آتا۔ زندگی اس طرح گزرے تو اس سے اچھا ہے میں مر جاؤں۔

بہادر علی سوچتا رہا۔ کبھی ایک فیصلہ کرتا اور کبھی دوسرا۔ وقت گزرتا گیا۔ آخر وہ اٹھا کہ روٹی کا ٹکڑا اٹھالے۔ وہ تھکے تھکے قدموں سے آگے بڑھ رہا تھا۔ اسی وقت ایک کتّا بھاگتا ہوا آیا اور پھٹے ہوئے کاغذ کے تھیلے کو منہ میں دبا کر لے گیا — بہادر نے حیرت سے یہ

منظر دیکھا۔ اب وہ اس جگہ آ گیا تھا جہاں کتّا اور وہ دونوں ایک خوراک کھا سکتے تھے۔ اُسے اپنی بھوک اور ذلّت کا احساس ہوا تو آنکھوں سے آنسو نکل پڑے۔ یکایک اس نے دیکھا کہ ایک آدمی نے اس کی ہتھیلی پر کوئی چیز رکھ دی ہے۔ اس نے دیکھا وہ ایک چمکدار چونّی تھی۔ بہادر نے اپنا حلیہ دیکھا اس کے کپڑے اس کا چہرہ فقیروں کا سا دکھائی دیتا تھا۔ اُسے خدا کے نام پر بھیک ملی تھی۔ لیکن اس نے کب کسی کے آگے ہاتھ پھیلایا تھا۔ وہ اپنے محسن کے چہرے کو نہ دیکھ سکا جس نے اس پر ترس کھا کر چونّی دی تھی۔

یہ بھیک ہے —— وہ چونّی اسے دہکتا ہوا انگارا لگی۔ اس نے چاروں طرف دیکھا۔ دور کئی منزلہ فلیٹ بن رہے تھے مزدور تیزی سے کام کر رہے تھے۔ شور کر رہے تھے۔ بہادر نے پورے اعتماد کے ساتھ چونّی کو گڑھے میں پھینک دیا —— اور بھاگ کر مزدوروں کے پاس پہنچا۔

"مجھے کام چاہیے" —— بہادر نے پھولی ہوئی سانس سے ایک مزدور سے کہا۔

"کام چاہیے" —— مزدور نے اس کی حالت دیکھی۔ "سامنے جو کمرہ بنا ہے اس میں چلے جاؤ"۔ بہادر نے کمرے میں داخل ہونے سے پہلے اپنی سانس درست کی۔

اندر کمرے میں دو آدمی بیٹھے تھے۔ انھوں نے بہادر کی طرف غور سے دیکھا۔

مجھے کام چاہیے ——

کیا کام کر سکتے ہو —— ایک نے پوچھا۔

جو کام بھی بتائیں گے —— بہادر نے جواب دیا۔

تم اس جگہ نل سے پانی دو گے جہاں سیمنٹ کیا جائے۔ ایک نے سوچتے ہوئے کہا۔

جی اچھا —— بہادر نے کہا۔ تمھارا نام کیا ہے؟ ایک نے پوچھا —— "بہادر علی" دو روپے روز ملیں گے۔

منظور ہے ـــــ بہادر نے خوش ہو کر کہا۔

محنت سے کام کروگے تو پیسے بڑھ جائیں گے۔ دوسرے آدمی نے کہا۔

پھر اس نے ایک مزدور کو آواز دی۔

اسے غفور کے حوالے کر دو۔ کہہ دینا یہ سیمنٹ پر پانی لگائے گا۔

بہادر غفور کے پاس پہنچا۔ اسے سیمنٹ پر پانی لگانے کے کام پر لگا دیا۔

تھوڑی دیر میں کھانے کا وقت ہو گیا ـــــ ایک مزدور نے بہادر کو اپنے کھانے میں شامل کر لیا۔

گھی لگے پراٹھے اور لیموں کا اچار۔ مزدور نے دیکھا بہادر پاگلوں کی طرح کھا رہا ہے تو سمجھ گیا کہ بچہ بھوکا ہے۔ مزدور بہت آہستہ آہستہ کھانے لگا۔ کھانا کھا کر نل سے پانی پیا۔ اور پھر گرم گرم چائے بہادر کے جسم میں نئی طاقت آ گئی۔ اب اس نے سنا کہ مزدور بہت سی باتیں سنا رہا ہے۔ غفور کی برائی کر رہا ہے۔ ٹھیکیدار کو برا بھلا کہہ رہا ہے۔

ذرا دیر بعد پھر کام شروع ہو گیا۔ غفور نے اب بہادر کو نیا کام دے دیا اسے سیمنٹ ایک تسلے میں بھر کر اوپر لے جانا تھا۔ اور ذرا ذرا فاصلے پر مزدور کھڑے تھے۔ نیچے سے تسلا چلتا اور ایک دوسرے کے ہاتھوں میں آتا ہوا سب سے اوپر پہنچ جاتا جہاں چھت بن رہی تھی۔ ایسے وقت مزدوروں میں بڑا جوش ہوتا ہے اور وہ تیزی سے کام کرتے ہیں۔ ان کے ہاتھ بھی بے حد تیز چلتے تھے۔ بہادر اوّل تو کمزور دوسرے اسے اتنی جلدی کام کا تجربہ نہ تھا لہٰذا ہر مرتبہ اسے بڑی احتیاط سے تسلا پکڑنا پڑتا۔ اگر ایک لمحہ کی بھی دیر ہو جاتی تو نیچے والے مزدور ہنگامہ کرتے۔ ایک بار جو بہادر نے جلدی کرنی چاہی تو اس کا توازن برقرار نہ رہ سکا اور وہ پانچویں منزل سے ایک چیخ مار کر گر گیا۔

لڑکا گر گیا۔

لڑکا مر گیا۔

چاروں طرف کام بند ہو گیا۔

بہادر خوش قسمتی سے اس حوض میں گرا جس میں سیمنٹ بنایا جا رہا تھا لیکن ایک ٹانگ دیوار سے لگ گئی۔

سارے مزدور حوض کے چاروں طرف کھڑے تھے۔ شور سن کر ٹھیکیدار بھاگتا ہوا آیا۔ اور جلدی مزدوروں کی مدد سے بہادر کو حوض سے نکالا۔ بہادر بے ہوش تھا اور اس کی ٹانگ سے خون بہہ رہا تھا۔

ٹھیکیدار نے جلدی سے آدمی دوڑائے۔ تھوڑی دیر میں ڈاکٹر آ گیا۔ بہادر ابھی تک بے ہوش تھا۔ ڈاکٹر اسے دیکھ کر چونک گیا۔ لیکن سب سے پہلے اس نے سارے جسم کا معائنہ کیا۔ سوائے پاؤں کے اور کہیں چوٹ دکھائی نہیں دیتی تھی۔ بہادر اس لیے بچ گیا کہ وہ گیلے سیمنٹ پر گرا تھا ورنہ اس کی ساری ہڈیاں ٹوٹ جاتیں۔

ڈاکٹر نے بڑی مہارت سے بہادر کے پاؤں پر پلاسٹر چڑھا دیا۔

اس کا نام کیا ہے ـــــ ڈاکٹر نے پوچھا۔

بہادر علی ـــــ ٹھیکیدار نے کہا۔

اگر آپ اجازت دیں تو اس لڑکے کو میں اپنی ڈسپنسری میں لے جاؤں۔

ٹھیکیدار چپ رہا۔

دراصل یہ میرا ملازم ہے۔ ایک غلط فہمی کی وجہ سے میں نے اسے نوکری سے نکال دیا تھا۔ بعد کو پتا چلا یہ بہت ایماندار لڑکا ہے۔ میں اس کی تلاش میں بہت دنوں سے تھا۔ آج قسمت سے یہ دوبارہ مل گیا ہے۔ آپ کے کچھ پیسے تو اس کی طرف نہیں ہیں۔

نہیں ـــــ یہ تو آج بلکہ ابھی ملازم ہوا ہے۔ آپ اپنے ساتھ لے جائیں بھلا ہمیں کیا اعتراض ہوگا

ٹھیکیدار نے کہا۔

ڈاکٹر ایمبولنس میں لٹا کر اسے اپنے ہسپتال لے آیا۔

بہادر علی ہوش میں آیا تو ڈاکٹر کو دیکھ کر گھبرا گیا۔

میں نے چوری نہیں کی تھی ڈاکٹر صاحب ـــــ میں چور نہیں . . . . .

بس بیٹے بس۔ ڈاکٹر نے اس کی بات کاٹ دی۔ میں جانتا ہوں۔ تم بے گناہ ہو ـــــ تمہارے جانے کے بعد مجھے سب معلوم ہو گیا۔ کمپونڈر بے ایمان تھا میں نے اسے نوکری سے نکال دیا ہے

بہادر علی رونے لگا۔

نہیں بیٹے روتے نہیں۔ اب تم میرے ساتھ رہوگے۔

ـــــ • ـــــ

بہادر علی کے پانو کا زخم چند دن میں اچھا ہو گیا۔ اور اب وہ دوبارہ نئے کمپونڈر کے ساتھ کام کرنے لگا۔ پہلے سے زیادہ محنت سے۔ ایک دن ڈاکٹر نے کہا۔ میں نے فیصلہ کیا ہے کہ تم کل سے اسکول جاؤ گے۔

بہادر کی آنکھیں آنسوؤں سے بھر گئیں ـــ کیا وہ واقعی بڑا آدمی بنے گا۔

تم بڑے ہو کر کیا بنو گے ـــــ ؟ ڈاکٹر نے پوچھا۔

میں ڈاکٹر بنوں گا۔

"شاباش ـــــ ڈاکٹر خوش ہو گیا۔ انسان کے دکھ دور کرنے سے بہتر دنیا میں کوئی کام نہیں۔ یہ عبادت ہے۔ جس سے خدا خوش ہوتا ہے۔

میرا کوئی بیٹا نہیں تھا — خدا نے تمھیں میرے پاس بھیج دیا ہے۔ اب تم میرے بیٹے بن کر رہنا۔

اسکول جانا بہادر کے لیے بالکل عجیب سی بات تھی۔ جہاں بہت سے بچّے تھے۔ نہ بھوک تھی، نہ پانو کاٹنے والے لوگ۔ بہادر کا داخلہ پہلی کلاس میں ہوا۔

ڈاکٹر اس کے پہلی کلاس میں داخلے سے مطمئن نہ تھا۔ دو چار دن کے بعد بہادر علی کو اسکول سے اٹھا لیا گیا۔ اور صبح شام ایک ماسٹر اسے پڑھانے لگا۔ ایک مہینے میں پہلی کتاب ختم ہو گئی۔ ڈاکٹر اور ماسٹر دونوں حیران رہ گئے۔ اتنا محنتی اور ذہین بچّہ ان کی نظر سے شاید ہی گزرا ہو۔ بہادر کو بڑا آدمی بننے کی دُھن سوار تھی۔ وہ دن رات پڑھ رہا تھا۔

پڑھائی کے ساتھ وہ شام کو کمپونڈر کے ساتھ کام بھی کرتا۔ ڈاکٹر بہت منع کرتا۔ لیکن بہادر کہتا۔ مجھے اس کام سے سکون ملتا ہے۔ جب میں مریضوں کو دیکھتا ہوں تو زیادہ محنت سے پڑھنے کو جی چاہتا ہے۔ میں چاہتا ہوں جلدی سے ڈاکٹر بن جاؤں۔

ڈاکٹر بہادر علی کی محنت دیکھ کر خوش ہوتا — اسے فخر ہوتا کہ اس نے بہادر کو غلط نہیں سمجھا۔

دن گزر رہے تھے۔ درخت پھولوں سے لد گئے — پھر شاخیں پھلوں کے بوجھ سے جھک گئیں۔ آسمان سفید اور سرمئی بادلوں سے ڈھک گئے۔ ٹھنڈی ہوائیں۔ رم جھم بارشیں ساری زمین گھاس سے ہری ہو گئی۔ اور سورج نکلتا اور سارے دن سفر کر کے شام کو مغرب میں ڈوب جاتا۔ بہادر ہر روز کچھ نہ کچھ ضرور حاصل کر لیتا اب وہ بھول گیا تھا کہ ان دنوں کے انتظار میں اسے کیسی پریشانیاں اٹھانی پڑی تھیں۔ وہ تیزی سے کتابیں ختم کر رہا تھا، لکھنا سیکھ رہا تھا۔ جیسے جیسے کتابیں ختم ہوتی جاتیں۔ اس کا شوق بڑھتا جاتا۔

ایک سال گذر گیا۔ بہادر نے بہت سی کتابیں ختم کر لیں تھیں۔ ماسٹر کے مشورے سے اب اسے پانچویں کلاس کی کتابیں پڑھائی جانے لگیں۔ اس عرصے میں بہادر زخم دھو کر مرہم پٹی کرنے لگا۔ بہت سی دوائیں بھی پہچاننے لگا۔ اس ایک سال میں بہادر ڈاکٹر کے گھر والوں کے بہت نزدیک آگیا۔ اس کی ایمانداری اور محنت دیکھ کر ڈاکٹر کی بیوی نے اسے ہسپتال سے گھر آنے کا کہا۔ مگر بہادر نے انکار کر دیا۔ رات کو وہ ہسپتال ہی میں رہتا۔ اسے رات دیر تک مریضوں کی دیکھ بھال میں مزا آتا۔ صبح اٹھ کر وہ وضو کر کے نماز پڑھتا۔ ناشتا کرتا۔ اور کتابیں لے کر بیٹھ جاتا۔ دس بجے ماسٹر پڑھانے آتا۔ دوپہر کو تھوڑی دیر کے لیے کھانے کے بعد بہادر آرام کرتا اور پھر سارا دن پڑھائی یا ہسپتال کا کام۔

چھ مہینے کے بعد بہادر کو پانچویں کے امتحان میں بٹھا دیا گیا۔ ڈاکٹر اور ماسٹر صاحب بہت خوش ہوئے بہادر بڑے اچھے نمبروں سے پاس ہو گیا تھا۔ اب اسے باقاعدہ چھٹی کلاس میں داخلہ دلوا دیا گیا تھا۔ وہ صبح صاف ستھرے کپڑے پہن کر اسکول جاتا۔ جی لگا کر پڑھتا۔ آدھی چھٹی کے وقفے میں بھی پڑھتا رہتا۔ اسکول کا ایک ماسٹر بہادر کو پسند کرتا تھا۔ اس نے جب دیکھا کہ وہ آدھی چھٹی میں بھی پڑھتا رہتا ہے۔ تب ماسٹر نے بہادر کو سمجھایا کہ پڑھائی کے وقت پڑھائی اور کھیل کے وقت کھیل بے حد ضروری ہے۔ اگر آدمی ہر وقت پڑھتا رہے تو وہ کتاب کا کیڑا ضرور بن جائے گا۔ مگر اس طرح اس کی صحت پر بُرا اثر پڑے گا۔ جسم کمزور ہو جائے گا۔ ممکن ہے بیمار بھی پڑ جاؤ۔ صحت برقرار رکھنے کے لیے دوڑ بھاگ کھیل کود ضروری ہے۔ بہادر نے ڈاکٹر سے پوچھا۔ اس نے بھی اسے سمجھایا کہ پڑھائی کے ساتھ کھیلنا بے حد ضروری ہے۔ بہادر کھیل کے میدان میں پہلی بار بڑا شرماتا ہوا گیا اور وہ لڑکے جو کھیل میں اچھے تھے۔ اس کا خوب مذاق اڑانے لگے۔ بہادر اور گھبرا گیا۔ دو ایک دن میں ممکن تھا۔ بہادر کھیل سے ہمیشہ کے لیے الگ ہو جاتا کہ ماسٹر صاحب

نے اسے دوبارہ سمجھایا اور ہمت دلادی کہ وہ ایک اچھا کھلاڑی بن سکتا ہے ۔

بہادر نے ہاکی میں دلچسپی لی اور چند مہینے میں ہی میں اسکول کا ایک اچھا کھلاڑی بن گیا۔ اس کی کلاس میں چند لڑکے بری عادتوں میں پڑے ہوئے تھے۔ وہ سگرٹ پیتے۔ چوریاں کرتے۔ کلاس میں کہانیوں کی کتابیں پڑھتے رہتے۔ ماسٹر کا مذاق اڑاتے۔ کلاس سے بھاگ جاتے۔ ان بُرے لڑکوں کو پڑھنے والے لڑکے بُرے لگتے۔ بہادر کیونکہ کلاس میں اچھا تھا اس لیے وہ سب ہی اس کے مخالف تھے۔ وہ چاہتے تھے بہادر بھی ان کی بُری باتوں میں شریک ہو۔ وہ بہادر پر آوازیں لگاتے کلاس میں تنگ کرتے۔ اس کی کتابیں چھپا دیتے کھیل کے میدان میں اسے دھکا دیتے۔ بہادر سب کچھ سنتا۔ لیکن خاموش رہتا۔ کبھی کبھی انھیں سمجھاتا۔ ان بُرے لڑکوں میں سے دو لڑکے ہاکی بھی کھیلتے تھے۔ ہاکی کھیلتے وقت وہ جان بوجھ کر اس کی ٹانگ میں ہاکی مار دیا کرتے تھے۔ کبھی کبھی بہادر کا جی چاہتا وہ اپنی ہاکی سے ان دونوں کی ٹانگیں توڑ دے۔ لیکن پھر اسے خیال آتا۔ ماں نے سمجھایا تھا ۔

"برائی سے لڑنے کے لیے ہتھیار استعمال نہیں کرنے چاہییں"

ہاکی کا کھیل ہفتہ میں ایک بار ضرور ہوتا اور کوئی نہ کوئی ماسٹر اس کی نگرانی کرتا۔ دو لڑکے بڑی صفائی سے اس کے پیر میں چوٹ لگا دیتے اور تکلیف سے بہادر علی بے چین ہو جاتا ۔

ایک دن اس کے پاؤں میں چوٹ لگی۔ کھیل کے بعد جب اسکول خالی ہو گیا تو وہ اپنی کلاس کی سیڑھیوں پر بیٹھ کر رونے لگا۔ اسے ماں بہت یاد آئی۔ نہ جانے دنیا کیوں اس کے پیچھے پڑی ہوئی ہے۔ پھر اسے اپنے آپ پر بڑا غصہ آیا۔ وہ بھی کتنا بیوقوف ہے بزدلوں کی طرح رو رہا ہے۔ اپنا حق حاصل کرنے، اپنی حفاظت کے لیے اسے ہاتھ اٹھانا چاہیئے ورنہ وہ اسے مار دیں

گے۔اس نے فیصلہ کر لیا کہ وہ اپنی حفاظت خود کرے گا اور اب آنسو نہیں بہائے گا۔جب وہ ہسپتال پہنچا تو مطمئن تھا۔

اگلے ہفتے جب کھیل شروع ہوا تو ایک لڑکا اس کی طرف آیا۔ اور اس سے پہلے کہ وہ ہاکی اس کے ٹخنے پر مارتا۔ بہادر نے تیزی سے ہاکی اس کی پنڈلی پر ماردی۔لڑکا بے چین ہو کر سامنے سے ہٹ گیا۔اتنے میں دوسرا لڑکا سامنے آیا اور بہادر نے وہی کیا۔اس کے ٹخنے میں تیزی سے ہاکی ماردی۔"ہائے" کہ کر وہ لڑکا بھی میدان سے نکل آیا۔ دونوں لڑکوں کو حیرت تھی کہ بہادر جیسا کمزور لڑکا۔اور اس بہادری سے ان کے ہاکی ماردی۔کھیل ختم ہوا تو بہادر بہت خوش تھا اور وہ دونوں لڑکے خوف زدہ۔جب وہ ہاکی ہلاتا میدان سے واپس آرہا تھا۔ تو لڑکے چاروں طرف ہٹ گئے۔گویا انھوں نے اسے بہادر مان لیا تھا۔

اس طرح اس کی زندگی کا ایک نیا باب شروع ہوا۔جہاں دوسروں کو صحیح راستے پر لانے کے لیے قوّتِ بازو آزمائے۔ایک بار ایک لڑکے نے اس پر آوازیں لگائیں بہادر نے اسے جا پکڑا۔اور دھمکایا کہ اب اگر اس نے کبھی آواز لگائی تو وہ اسے ٹھیک کر دے گا— لڑکا ڈر گیا۔

اس کے بعد اسکول میں بہادر کی دھاک بیٹھ گئی۔سب اس سے ڈرنے لگے اس میں خود اعتمادی پیدا ہوگئی۔اور دنیا کا مقابلہ کرنے کی طاقت محسوس ہوئی۔

——— • ———

ڈاکٹر کی ایک بیٹی تھی جو ڈاکٹری کی اعلا تعلیم کے لیے ملک سے باہر گئی ہوئی تھی۔ڈاکٹر بہادر کو اس کے بارے میں کبھی کبھی بتاتا رہتا تھا۔ایک دن اس نے بتایا کہ وہ تعلیم حاصل کر کے وطن واپس آرہی ہے۔بہادر کو اس سے ملنے کا بہت شوق تھا۔سب تیار ہو کر ڈاکٹر کی بیٹی رضیہ

کو لینے گئے تو بہادر بھی ساتھ ہو لیا ۔

بہادر نے پہلی بار ہوائی اڈا دیکھا ۔ وہ حیران رہ گیا کتنے بڑے بڑے جہاز کھڑے تھے وہ سوچ رہا تھا کہ انسان نے کتنی ترقی کر لی ہے ۔ اتنے میں شور ہوا جہاز آ گیا ۔ سب کی نظریں آسمان کی طرف اٹھ گئیں ۔ ایک نقطہ سا نمودار ہوا اور پھر بڑا سا جہاز نیچے اترنے لگا ۔ ہوائی اڈے کے آخری سرے پر اتر کر وہ آہستہ آہستہ بالکل اس جگہ آ کر کھڑا ہو گیا جہاں ڈاکٹر ، اس کی بیوی ، کچھ رشتہ دار اور بہادر علی کھڑا تھا ۔ ایک موٹر میں لگی ہوئی سیڑھی جہاز کے دروازے پر جا لگی ۔ دروازہ کھلا ۔ مسافر جہاز سے اترنے لگے ۔

ڈاکٹر خوشی سے چلایا ” وہ رہی رضیہ —— “ بہادر نے دیکھا ۔ ایک دراز قد کی گوری سی تیلی دبلی لڑکی سنہری کمانی کی عینک لگائے سیڑھیوں سے اترتے ہوئے ان لوگوں کی طرف دیکھ کر زور زور سے ہاتھ ہلا رہی تھی ۔ ڈاکٹر اور سب لوگ جلدی سے دروازے کی طرف بھاگے بہادر بھی ساتھ تھا ۔ تھوڑی دیر میں رضیہ سب کے سامنے کھڑی تھی ۔ اس کی گردن گلاب کے تازہ پھولوں کے ہار سے ڈھک گئی تھی ۔ ڈاکٹر اور اس کی بیوی بہت خوش تھے بار بار اسے گلے سے لگاتے ۔ اپنی آنکھوں سے خوشی کے آنسو پونچھتے جاتے ۔ یکایک اس نے بہادر کی طرف دیکھا ۔ بہادر کا دل دھڑکنے لگا ۔ شاید وہ پوچھے یہ کون ہے ۔

” تم شاید بہادر ہو “ —— اس نے مسکرا کر اس کے گال پہ ہلکا سا چپت لگایا بہادر کچھ بھی نہ بول سکا ۔

” تم تو میرے بھائی ہو نا “ —— رضیہ نے کہا ۔

بہادر نے محسوس کیا کہ اس کے پیروں میں پہیئے لگ گئے ہوں اور وہ جہاز کی طرح اڑ کر آسمان پر پہنچ گیا ہو ۔ اس نے چاروں طرف دیکھا ۔ کاش ہوائی اڈے کا ہر آدمی سن سکے ۔

"تم تو میرے بھائی ہو نا ـــــ تم تو میرے بھائی ہو نا۔"

لیکن ہر شخص اپنے عزیزوں کو الوداع کہنے یا لینے آیا تھا۔

رضیہ سب سے مل کر اندر چلی گئی۔ وہاں سے سامان لے کر باہر آئی پھر سب گاڑی میں بیٹھ کر گھر واپس آئے۔ اور ڈرائنگ روم میں جمع ہو گئے۔ رضیہ نے اپنے سوٹ کیس کھولنے شروع کیے۔ اور سامان بانٹنے لگی۔

"ممی یہ سوئٹر آپ کے لیے ہے۔"

"ڈیڈی یہ پائپ لیجیے۔"

"ممی یہ شال۔"

"ڈیڈی یہ تمباکو۔"

بہادر سامنے بیٹھا دیکھ رہا تھا۔

"یہ تمہارے لیے۔"

بہادر چونک گیا۔ رضیہ اسے ایک رنگین قمیص دے رہی تھی۔ جس پر خوب صورت تتلیاں بنی تھیں۔ بہادر کی آنکھوں میں آنسو آ گئے۔

کیوں ـــ پسند نہیں آئی ـــ رضیہ نے حیرت سے اسے دیکھا

نہیں بہت اچھی ہے۔ بہادر نے بھرائی ہوئی آواز میں کہا۔

ڈاکٹر اور اس کی بیوی نے بہادر کو دیکھا ـــ ڈاکٹر رضیہ مسکرا رہی تھی۔ پھر بہادر کے پاس چیزوں کا ڈھیر لگ گیا۔

یہ تتلیوں کے پروں کا البم۔

یہ ڈاک کے ٹکٹوں کا البم۔

یہ سکّے ۔ یہ رنگین تصویروں والی کتابیں ۔

یہ پنسیر کا پیکٹ ۔

یہ ٹافیاں ۔

"اور ــ یہ" ــــ سر پر ہلکا سا چپت ۔ رضیہ نے لگا کر قہقہہ لگایا ۔

بہادر کی آنکھوں سے آنسو بہہ رہے تھے ۔ اتنی بہت سی محبّت ــــ

بہادر ڈاکٹر کے گھر شفٹ ہو گیا ۔ رضیہ سے دن بدن اس کی محبّت بڑھتی جاتی تھی ۔ جب وہ سنہری فریم کی عینک لگا کر کوئی کتاب پڑھتی ۔ بہادر قالین پر بیٹھا اسے دیکھتا رہتا ۔

ایک دن اس نے کہا ۔

باجی آپ یہاں سے بہت سی کتابیں پڑھ کر گئی تھیں ۔ باہر بھی آپ نے خوب پڑھا اب بھی آپ کتابیں پڑھتی رہتی ہیں ۔

رضیہ نے مسکرا کر کتاب بند کر دی ۔

دیکھو میرے اچھے بھائی ۔ اگر آدمی آرام کر کے وقت گزارے تو اسے کیا حاصل ہو گا ، اچھا ہے اگر علم حاصل کرے ۔ کتابیں پڑھنے سے بہتر اور کوئی کام نہیں ۔ اور یہ بتاؤ ــ اس نے بہادر کے سر پر ایک ہلکی سی چپت لگائی ۔ تم کیوں اتنا پڑھتے ہو ۔

"مجھے بڑا آدمی بننا ہے ــــ بہادر نے کہا ۔

تو مسئلہ ہی حل ہو گیا ۔ جس طرح تمہیں بڑا آدمی بننا ہے ۔ مجھے بھی بڑا بننا ہے ۔

آپ تو بڑی ہیں ۔

قد میں ضرور بڑی ہوں لیکن ــــ رضیہ نے ہنس کر کہا ۔

آپ ڈاکٹر ہیں ۔ لوگوں کے دکھ درد دور کر سکتی ہیں ۔

بہی تو افسوس ہے کہ میں لوگوں کی تکلیف دور نہیں کر سکتی۔ تمہیں پتا ہے۔
میں نے دماغی بیماریوں کی تعلیم حاصل کی ہے۔ جب میں اچھے خاصے آدمی کو پاگل دیکھتی ہوں تو میرا دل بیٹھنے لگتا ہے۔ دنیا عجیب لگتی ہے۔
میں نے سنا ہے پاگل دوسروں کو پتھر مارتے ہیں ۔۔ بہادر نے خوفزدہ ہو کر کہا۔ نہیں میرے ننھے منّے بھائی۔ پاگل بھی بہت سی قسموں کے ہوتے ہیں۔ بعض تو کسی کو کچھ بھی نہیں کہتے۔ چپ چاپ رہتے ہیں۔ جب کسی پاگل کو دیکھ کر صحت مند آدمی کو دیکھیں تو یہ احساس ہوتا ہے کہ خدا جب چاہے کسی کو بھی پاگل کر سکتا ہے
لیکن باجی یہ پاگل کیسے ہوتے ہیں ۔۔۔! بہادر نے پوچھا۔
دماغی صدمہ ۔۔۔ رضیہ نے بتایا۔
جب بیماروں کو نزدیک سے دیکھو تو خدا پر کامل یقین ہو جاتا ہے۔ خدا سب کی حفاظت کرتا ہے۔ رضیہ نے بتایا۔
اتنے میں موٹر کے ہارن کی آواز آئی۔
لو ڈیڈی آ گئے۔۔۔ رضیہ نے خوش ہو کر کہا۔۔۔ اور دونوں دروازے کی طرف بھاگے۔ ڈاکٹر صاحب دونوں بچوں کو دیکھ کر خوش ہو گئے۔ گاڑی سے انھوں نے ایک ٹوکرا اتارا تو بہادر علی بہت خوش ہوا۔ وہ بہت سے آم لائے تھے۔۔۔ آج خوب مزا آئے گا۔ خوب آم کھائیں گے۔
پہلے کھانا کھایا گیا۔ اس کے بعد آم اور پھر سب لان پر آ بیٹھے۔ نوکر نے لا کر ٹھنڈی ٹھنڈی آئس کریم دی۔
ڈیڈی اب مجھے اجازت دے دیجیے کہ میں ۔ ۔ ۔ ۔ ۔ رضیہ بولی۔
دیکھو بیٹی ۔۔۔ ڈاکٹر نے اس کی بات کاٹی ۔۔۔ تم اتنے دن بعد آئی ہو۔ ہمارا جی نہیں چاہتا

ہمیں پھر جدا کر دیں۔

لیکن ڈیڈی اگر میں اسی طرح گھر میں بیٹھی رہی تو میری تعلیم کا کوئی مقصد نہ ہوگا!

بیٹی ابھی تو میں نے جی بھر کے دیکھا بھی نہیں ۔۔۔ ماں نے کہا۔

"اب کہو" ۔۔۔ ڈاکٹر نے قہقہہ لگایا۔

امّی مجھے آئے پورا ایک ماہ گزر گیا۔ میں بیکار بیٹھے بیٹھے اکتا گئی ہوں۔

ادھر آپ نے ایسے ایسے کھانے کھلائے کہ وزن بھی بڑھ گیا ہے۔

مجھے کام کرنا چاہیے ۔۔۔ رضیہ نے کہا۔

ہاں۔ ہاں کام بھی کر لینا ایسی جلدی کیا ہے۔ ماں نے کہا۔

امّی مجھے ہسپتال کو اطلاع دینی ہے کہ میں کب آؤں گی۔ اگر آپ کی اجازت ہو تو میں اگلے ماہ کی ۱ تاریخ کو..... رضیہ نے کہا۔

اتنی جلدی ۔۔۔!

امی ابھی تو اس ماہ کی بھی ۲۱ تاریخ ہے ۔۔ رضیہ نے کہا۔

"اچھا تمھاری مرضی" ۔۔ ماں نے افسردگی سے کہا۔

ارے۔ امی آپ اداس ہیں تو میں نہیں جاتی۔ رضیہ نے جلدی سے کہا۔

نہیں بیٹی یہ بات نہیں۔ تمھیں جانا چاہیے ۔۔۔ آخر کو بیٹیاں گھر سے چلی جاتی ہیں ۔۔۔ ماں نے کہا۔

"میں کہیں بھی نہیں جاؤں گی" رضیہ نے ماں کے گلے میں بانہیں ڈال دیں۔ ماں نے اس کی پیشانی چوم لی۔

تم کل اطلاع دے دینا ہسپتال والوں کو ۔۔ ڈاکٹر نے کہا۔

رضیہ خوش تھی کہ اب وہ لوگوں کا علاج کرے گی ــــــ بہادر اُداس تھا کہ اس کی بہن جدا ہو جائے گی۔

ــــــ • ــــــ

بہادر رضیہ کا ہر کام بھاگ کر کرتا۔ وہ سوچتا اپنی زندگی رضیہ کی طرح بنائے گا۔ لوگوں سے اخلاق سے ملنا۔ ماں باپ سے محبت کرنا۔ ہر وقت مسکراتے رہنا۔ کسی بات پر غصّہ نہ کرنا۔ کسی نے کام کو کہا اور وہ تیار۔ جس مریض کو ایسا ڈاکٹر ملے گا وہ کتنا خوش نصیب ہوگا۔

بہادر کو اپنی قسمت پر رشک آنے لگا جب ایک دن وہ بیمار ہو گیا۔ بہت تیز بخار ہو گیا۔ شاید لُو لگ گئی تھی۔ اور اس وقت رضیہ بے حد پریشان ہوئی۔ وہ بار بار اس کا بخار دیکھتی۔ ڈاکٹر نے بھی اسے دن میں کئی بار دیکھا۔ رضیہ کی ماں بھی پریشان تھی۔ شام تک بہادر کا بخار اتر گیا مگر ایسا معلوم ہوا جیسے رضیہ بیمار ہوئی ہو۔ بہادر کو کئی بار گرم گرم دودھ پلایا گیا۔ ایک بار بہادر کی آنکھ کھلی تو اس نے دیکھا رضیہ سر دبا رہی ہے بہادر کو جاگتا دیکھ کر وہ خوش ہو گئی۔

اب کیسی طبیعت ہے۔

بالکل ٹھیک ہوں۔ لیکن آپ کیوں پریشان ہیں۔ بہادر نے پوچھا۔

اگر میں پریشان نہ ہوں تو پھر کون ہوگا۔

لیکن ڈاکٹر اگر مریض کو دیکھ کر پریشان ہو جائے۔ بہادر نے مسکرا کر کہا۔

تم نہ مریض ہو اور نہ میں ڈاکٹر ــــــ ہم تو بھائی بہن ہیں۔ اور بہن کو بھائی کے لیے پریشان ہونا ہی چاہیے۔ اچھا اب تم باتیں بند کرو اور آرام سے سو جاؤ۔ رضیہ نے کہا۔

میں صبح سے سو رہا ہوں۔ اب تو اٹھنے کو جی چاہتا ہے۔ بہادر بولا۔

اوں ہوں۔ فی الحال دو دن آرام۔

باجی ایک بات پوچھوں۔

پوچھو ——

آپ مجھے چھوڑ کر چلی جائیں گی —— بہادر نے افسردگی سے کہا۔

کہاں —— ؟

ہسپتال ——

ہاں۔ وہ تو جانا ہی پڑے گا۔ رضیہ نے کہا۔ بہادر اُداس ہو گیا۔ اس نے آنکھیں بند کر لیں۔

پگلے —— رضیہ نے ہنس کر کہا —— میں تجھے اپنے ساتھ لے جاؤں گی۔

اچھا —— بہادر نے آنکھیں کھول دیں

ڈیڈی سے میں نے بات کر لی ہے۔ میں اور تم ساتھ چلیں گے۔

لیکن .....

میں سمجھتی ہوں —— تمہارا داخلہ وہیں کرا دیں گے —— ٹھیک —— وہ مسکرائی۔

بہادر مارے خوشی کے اُٹھ کر بیٹھ گیا۔

ارے ارے تم لیٹ جاؤ —— ابھی کمزوری ہے —— رضیہ نے گھبرا کر کہا۔

میں آپ کے ساتھ رہوں گا —— واہ۔ باجی زندہ باد۔

بس بس اب لیٹ جاؤ —— رضیہ نے اسے زبردستی لٹا دیا۔

اچھا باجی تو پھر پروگرام بنائیں چلنے کا۔ بہادر نے کہا۔

ابھی جانے میں پندرہ دن باقی ہیں۔ اچھا میں چلی۔ رضیہ بولی۔

کہاں —— باجی ——

کمرے سے باہر —— اس لیے کہ جب تک میں یہاں رہوں گی تم بولتے رہو گے۔

اچھا۔ اب نہیں بولوں گا۔ لیکن آپ یہیں بیٹھے۔ بہادر نے کہا۔
ایک شرط۔ تم آنکھیں بند رکھو۔
بہادر نے آنکھیں بند کرلیں اور سوچنے لگا کہ اب وہ ایک نیا شہر دیکھے گا۔
رضیہ باجی کے ساتھ رہے گا تو خوب پڑھے گا۔ ڈاکٹر بنے گا۔ اب وہ زیادہ محنت کرے گا۔
دو چار دن میں بہادر بالکل ٹھیک ہوگیا۔ اور رضیہ کے ساتھ جانے کا پروگرام بنانے لگا۔ رضیہ اس کی بے چینی دیکھتی تو خوب لطف اندوز ہوتی۔
آخر خدا خدا کر کے رضیہ کے جانے کا دن آیا۔ بہادر نے اپنی کتابیں ایک بستے میں رکھ لی تھیں اور اس کے کپڑے رضیہ کے سوٹ کیس میں تھے۔
بہادر نے پہلی بار ریل میں سفر کیا۔ اسے بڑا مزا آیا۔ وہ شیشے میں سے کھیت، میدان پیچھے بھاگتے دیکھ رہا تھا۔ جب کوئی دریا آتا اور گاڑی پل پر سے گزرتی تو اسے بڑا اچھا لگتا۔ کھڑکی میں سین جلدی جلدی بدل جاتا۔ ابھی جنگل تھا ابھی کھیت آگئے۔ پھر کچے پکے مکان اور ریتیلے میدان۔ پانی سے بھرے گڑھے ____ یہی دیکھتے دیکھتے بہادر سو گیا۔ آنکھ کھلی تو دیکھا اندھیرا ہو چکا ہے اور گاڑی بھاگی چلی جارہی ہے۔ آسمان پر آخری تاریخوں کا پہلا چاند گاڑی کے ساتھ ساتھ بھاگ رہا تھا۔ رضیہ اسے دیکھ کر مسکرائی۔ "خوب مزے سے سوئے۔ اب چلو کھانا کھالو۔"
بہادر نے جلدی سے منہ ہاتھ دھویا۔ رضیہ نے گھنٹی بجا کر بیرے کو بلایا۔
گرم گرم چپاتیاں، کباب، مرغی اور ہری ہری سلاد۔ دونوں نے خوب کھایا۔ رات کے دو بجے نور پور کا اسٹیشن آگیا۔ بہادر اونگھ رہا تھا رضیہ جاگ رہی تھی۔ جلدی جلدی قلی سے پلیٹ فارم پر سامان اتروایا۔
بہادر نے جگمگاتا اسٹیشن دیکھا یہاں معلوم ہی نہ ہوتا تھا کہ رات ہے۔ ہر شخص جلدی میں تھا۔

کوئی آنے کی اور کوئی جانے کی۔ قلی سامان لے کر اسٹیشن سے نکلا۔ باہر ہسپتال کی گاڑی کھڑی تھی۔ یہ دونوں بیٹھ کر چلے۔ ہسپتال پہنچ کر انھیں ایک کمرے میں لے جایا گیا۔ رضیہ نے ڈرائیور کی مدد سے سامان اتارا پھر بہادر سے کہا۔

"اب تم سو جاؤ۔ تمہیں نیند آ رہی ہے"۔

بہادر کو بہت نیند آ رہی تھی وہ سو گیا۔

— • —

یہ دماغی ہسپتال بہت بڑی زمین پر بنا ہوا تھا۔ ایک طرف ڈاکٹروں کے کمرے تھے اس کے برابر دو تین بنگلے بنے ہوئے تھے۔ جہاں ڈاکٹر رہتے تھے۔ اس کے آگے بڑی خوبصورت گھاس اور خوش نما پھول تھے۔ پھر کچھ کھیت تھے اس کے آگے بہت سے کمرے ایک لائن میں بنے ہوئے تھے۔ اس کے پیچھے بھی گھاس تھی اور پھر بہت سے کمرے بنے تھے۔

بعض کمروں کے دروازوں پر لوہے کی سلاخیں لگی تھیں اور دروازوں پر تالے لگے تھے۔ یہ سب کمرے پاگلوں کے تھے۔ جن دروازوں میں سلاخیں لگی تھیں وہ خطرناک قسم کے مریض تھے ورنہ باقی۔ عام کمروں میں تھے۔ کچھ باہر گھومتے رہتے تھے۔

بہادر جب انھیں دیکھتا اسے بڑا افسوس ہوتا۔ ان سے میں بعض تو بالکل ٹھیک ٹھاک لگتے لیکن جب ان پر دورہ پڑتا وہ خوب ہنگامہ کرتے۔

رضیہ بڑی محنت سے ان کا علاج کر رہی تھی۔ اس نے سب مریضوں کے فائل نئے سرے سے دیکھے۔ اور علاج شروع کیا۔

بہادر جب رضیہ کو دیکھتا اسے ایسا محسوس ہوتا کہ وہ اس کی حقیقی بہن ہو جو کسی وقت بچھڑ گئی تھی۔ جب وہ موٹی موٹی کتابیں پڑھتی تو بہادر فرش پر بیٹھا اپنے اسکول کا کام کرتا رہتا۔ نور پور کا

اسکول اسے بہت پسند آیا۔ یہاں وہ بہت زیادہ دل لگا کر پڑھ رہا تھا۔

رضیہ جب مریضوں کے معائنے کو جاتی بہادر ساتھ ساتھ ہوتا۔ رضیہ ایک ایک مریض کو اس توجّہ سے دیکھتی۔ جیسے وہ اس کا اپنا عزیز ہو۔ مریض اس سے بہت خوش تھے۔ جو دوا پینے سے انکار کرتے وہ رضیہ کے کہنے سے دوا پی لیا کرتے۔ بعض وقت بہادر کو بڑی دلچسپ باتیں دیکھنے میں آتیں۔

ایک آدمی بڑی سی انگریزی کی ڈکشنری لیے بیٹھا تھا۔ بہادر نے پوچھا "آپ کیا کر رہے ہیں۔"

"میں یہ ڈکشنری زبانی یاد کر رہا ہوں۔" اس نے جواب دیا۔

"کیوں۔"

ڈاکٹر نے کہا ہے تم یہ ڈکشنری یاد کرلو میں تمہیں جانے دوں گا۔ اس نے بتایا۔

پھر آپ نے کتنی یاد کرلی ہے۔؟

بس پہلا صفحہ یاد کیا ہے۔

ڈاکٹر جمیل نے بہادر کو بتایا کہ یہ تین سال سے پہلا صفحہ یاد کر رہے ہیں۔

ایک دن بہادر ڈاکٹر جمیل کے کمرے میں تھا کہ ایک آدمی داخل ہوا۔

ڈاکٹر صاحب۔ آپ نے وعدہ کیا تھا آج مجھے جانے دیں گے —— میں جاؤں۔ اس نے پوچھا۔

ہاں۔ بالکل جائیں — ڈاکٹر نے کہا۔ وہ آدمی جانے لگا تو ڈاکٹر نے کہا "ذرا ٹھہریے۔"

جی — وہ آدمی رک گیا۔

آپ ہمارے کپڑے پہن کر کہاں جا رہے ہیں کپڑے تو اتارتے جایئے، ڈاکٹر نے کہا۔

جی اچھا — وہ آدمی کپڑے اتارنے لگا۔ ڈاکٹر نے گھنٹی بجائی۔

چپڑاسی داخل ہوا اور اس آدمی کو پکڑ کر لے گیا۔

بعض پاگلوں سے باقاعدہ کام لیے جاتے تھے۔ ان میں سے کچھ باغ میں کام کرتے بعض سبزیاں اُگاتے۔

بہادر کی سمجھ میں نہ آتا کہ آخر آدمی پاگل کیسے ہو جاتا ہے۔ وہ لوگوں کو اچھا خاصا دیکھتا۔ پھر وہ ایک دم سے اول فول بکنے لگے۔

کچھ پاگل ایسے تھے جو چپ چاپ رہتے۔ نہ بات کرتے نہ شور مچاتے۔ ان پاگلوں میں ایک پاگل ایسا بھی تھا جو سلاخوں والے کمرے میں بند تھا۔ چپ چاپ آسمان کی طرف دیکھتا رہتا۔ کسی سے کوئی بات نہ کرتا۔ اس کے پاؤں میں زنجیریں بندھی ہوئی تھیں اس کے جسم پر بہت کم کپڑے ہوتے۔ بہادر جب بھی اس کے پاس سے گزرتا۔ تھوڑی دیر کے لیے رک جاتا۔ کبھی کبھار اسے اپنی طرف متوجہ کرتا ایک لمحہ کے لیے وہ بہادر کی طرف دیکھتا اور پھر آسمان کی طرف دیکھنے لگتا۔

بہادر سوچتا نہ جانے یہ کون ہے۔ اور کب سے ہسپتال میں داخل ہے —— ایک دن اس نے رضیہ سے پوچھ لیا۔

"پچھلے کمروں میں جو ایک بڑے بڑے بالوں والا پاگل بند ہے۔ یہ کیا بیمار ہے "

کون سا۔؟

آخری کمرے میں —— جس کے سامنے گلاب کے پھول لگے ہیں ؟ بہادر نے بتایا

اچھا —— وہ تو بہت پرانا پاگل ہے —— اسے ہسپتال میں آئے چھ سال ہو گئے۔

لیکن تم کیوں پوچھ رہے ہو ؟ رضیہ نے پوچھا۔

پتا نہیں کیوں باجی۔ جب اس کو دیکھتا ہوں تو میرا جی چاہتا ہے یہ اچھا ہو جائے۔

یہ تو بہت اچھی بات ہے۔ دل میں جب دوسروں کے لیے درد ہو تو آدمی خوب کام کرتا ہے۔ میں

دیکھتی ہوں تم ایک اچھے ڈاکٹر بنو گے۔ تم ہر ایک کی تکلیف سے بے چین ہو جاتے ہو۔ دنیا میں سب سے بڑی عبادت یہی ہے کہ آدمی دوسروں کے کام آئے۔

اپنے لیے تو سب جیتے ہیں۔ دوسروں کے لیئے زندہ رہنا بڑی بات ہے۔

بہادر سب کچھ سنتا رہا۔ اس کا جی چاہا وہ جلدی سے ڈاکٹر بن جائے۔ اور دن رات مریضوں کی دیکھ بھال کرے۔

بہادر روز بروز اس پاگل کے نزدیک ہوتا گیا۔ اس کا جی چاہتا وہ ہر وقت اس کے پاس بیٹھا رہے۔ اب پاگل بھی اسے پسند کرنے لگا تھا۔ اب وہ اس سے بات چیت بھی کرتا تھا۔ لیکن بات کرتے کرتے آسمان کی طرف دیکھنے لگتا اور پھر گھنٹوں خاموش رہتا۔ بہادر تھک کر واپس آجاتا۔ رضیہ اس کی دلچسپی دیکھ رہی تھی۔ اسے معلوم تھا کہ بہادر کا باپ جنگ کے میدان میں مارا گیا تھا۔ اس نے سوچا شاید اس کا باپ یہی پاگل ہو۔ رضیہ اب اس پاگل کی طرف خصوصی توجہ دے رہی تھی۔ اس عرصے میں ریکارڈ بھی دیکھا گیا۔ اور پھر ایک دن شام کو رضیہ نے بہادر کو بتایا کہ "لوہے کی سلاخوں کے دروازے کے پیچھے اس کا باپ ہے" بہادر حیران رہ گیا

لیکن کیسے ؟ بہادر نے پوچھا۔

میں نے پرانا ریکارڈ دیکھ کر اس کے بارے میں ساری معلومات حاصل کرلیں ہیں۔ میدانِ جنگ میں یہ زخمی ہو کر ہسپتال میں آیا تو اس کا ذہنی توازن بگڑ گیا تھا۔ پھر یہ ہسپتال سے بھاگ گیا۔ اور لوگوں نے پکڑ کر پاگل خانے میں داخل کرا دیا۔

بہادر کو عجیب سا احساس ہوا۔ اس کا باپ زندہ ہے۔

اس کی ماں سچ بولتی تھی اس کا باپ محنتی اور بہادر آدمی تھا وہ گمنامی کی موت نہیں مر سکتا۔

بہادر پھر اُداس ہو گیا۔ رضیہ سمجھ گئی۔ اس نے بہادر کو تسلی دی۔ تم فکر نہ کرو میں اپنی ساری تعلیم اور

تجربہ تمھارے باپ پر لگا دوں گی۔

پھر دیکھوں گی کیا ہوتا ہے

بہادر خوش ہو گیا۔

رضیہ نے علاج شروع کیا۔ بہادر بھاگ بھاگ کر کام کرتا

پہلے بہادر کے باپ کے بال کاٹے گئے۔ ناخن بنوائے۔ اسے صاف کپڑے پہنائے۔

انجکشن لگے۔

بجلی کے جھٹکے دیے گئے۔

بہادر اچھی اچھی باتیں کرتا۔

رضیہ دن رات دیکھ بھال کرتی۔

آخر نتیجہ نکلنا شروع ہوا۔ دلاور نے کپڑے پھاڑنے ختم کر دیے۔ اسے دو تین بار باہر بھی لایا گیا۔ کھیت دیکھ کر وہ بہت خوش ہوا۔ اس نے کھیت پر کام کرنے کی خواہش ظاہر کی۔ ڈاکٹر رضیہ نے اجازت دے دی۔ بہادر اور اس کا باپ دونوں کھیت پر کام کرنے لگے۔

دو تین بار رضیہ کا باپ بھی آیا۔ وہ بہادر کے باپ کو دیکھ کر بہت خوش ہوا۔

جب دلاور پر خصوصی توجہ دی گئی تو توقع سے پہلے وہ ٹھیک ہونے لگا

رضیہ کے کہنے پر اب بہادر دلاور کو ابا کہنے لگا تھا۔ اور جب وہ اسے ابا کہتا تو اس کی آنکھوں میں غیر معمولی چمک پیدا ہو جاتی تھی۔

دن گزرتے رہے۔ ایک دن بادل خوب امنڈ کر آئے۔ پہلے رم جھم پھوار پڑی اس کے بعد خوب زور کی بارش ہوئی۔ رضیہ اندر کوئی کتاب پڑھ رہی تھی۔ بہادر باہر سیڑھیوں پر بیٹھا ہوا تھا آج اسے ماں بہت یاد آ رہی تھی۔ وہ سوچ رہا تھا۔ آج اس کی ماں زندہ ہوتی تو کتنی خوش ہوتی۔ ہم اپنے گاؤں میں رہتے

اور میں جب بڑا آدمی بنتا تو ماں کتنی خوش ہوتی۔ وہ یہی چاہتی تھی۔ بہادر یہ سوچ سوچ کر خود ہی رو رہا تھا۔ پھر اس نے محسوس کیا کہ کوئی آہستہ آہستہ اس کا سر سہلا رہا تھا۔ بہادر نے پلٹ کر دیکھا یہ اس کا باپ تھا۔ اس کی آنکھوں میں خوشی تھی۔ پھر بہادر اپنے باپ سے چمٹ کر روتا رہا۔ بارش رم جھم برس رہی تھی۔ پودے پانی میں جھوم رہے تھے۔ ڈاکٹر رضیہ نے کھڑکی سے پھولوں کو بارش میں نہاتے دیکھے۔ ٹین کی چھت پر بارش کو گرتے دیکھا اور پھر بہادر کو اپنے باپ کے سینے سے چمٹے دیکھا۔ اسے یہ سب کچھ بہت اچھا لگا۔ وہ دیر تک دیکھتی رہی۔ یہاں تک کہ بہادر کا باپ بارش میں بھیگتا ہوا اپنے کمرے کی طرف چلا گیا۔ اور بہادر اٹھ کر اندر آ گیا۔ رضیہ نے دیکھا اس کا چہرہ اسی طرح روشن تھا جیسے باہر لگے ہوئے پھول بارش سے دھل کر روشن ہو گئے تھے

بہادر کا باپ اب بالکل ٹھیک ہو گیا تھا وہ بیٹے کو سیڑھیوں پر بیٹھ کر کھیت میں کام کرتے ہوئے۔ پھولوں کے درمیان بیٹھ کر جنگ کی داستانیں سناتا۔ بہادر کو اُن سرد راتوں کی کہانیاں بہت اچھی لگتیں جب سپاہی بندوق کاندھے سے لگائے اندھیرے میں پہرہ دیتے ہیں۔ جب سپاہی آہستہ آہستہ زمین پر رینگ کر دشمن کی چوکی کی طرف جاتے ہیں۔ جب سپاہی خندقوں میں دم سادھے بیٹھے رہتے ہیں بہادر کو اپنے باپ پر فخر تھا۔ کیونکہ اس نے امن کے لیے جنگ لڑی تھی۔

بہادر اب جان گیا تھا کہ جنگ کیوں لڑی جاتی ہے۔ لیکن اسے جنگ سے نفرت بھی تھی۔ جنگ نے اس کے باپ کو جدا کر دیا۔ اور جس کی یاد میں ماں چل بسی۔ اگر جنگ نہ ہوتی تو......

لیکن اس کا باپ سمجھاتا تھا۔ جس طرح ہم سردی کا مقابلہ گرم کپڑوں سے کرتے ہیں۔ بارش سے بچنے کے لیے گھر بناتے ہیں۔ اسی طرح آزادی کی جنگ کرتے ہیں۔ سپاہی لڑ کر مر جاتا ہے تاکہ دوسرے

لوگ زندہ رہیں۔ ننھے منّے بچے لہلہاتے کھیت، خوش رنگ پھول، پھلوں سے لدے درخت، خوب صورت مکان۔ سب اسی طرح رہیں۔

بہادر کا باپ بتاتا۔ ہر آدمی کسی کا بھائی کسی کا باپ، کسی کا شوہر ہوتا ہے۔ لیکن بندوق سے نکلنے والی گولی ان رشتوں کو نہیں جانتی۔ اور سپاہی لڑتے وقت نہ بھائی ہوتا ہے نہ باپ۔ وہ ایک بندوق۔ ایک گولی۔ اور ایک وردی ہوتا ہے۔ جنگ میں عجیب ہوتا ہے۔ کبھی کبھی اپنے پیارے دوست کی لاش کو مورچہ بنایا جاتا ہے۔ اپنے باپ اپنے بیٹے اپنے بھائی کو زخموں سے بھرا دیکھتے ہیں۔ لیکن کچھ نہیں کر سکتے۔ پھر جب جنگ جیت کر واپس آتے ہیں تو سڑکوں کے دونوں طرف، کھڑکیوں سے جھانکتے گھر کے دروازوں پر کھڑے مرد عورتیں اور بچے ہاتھ ہلا کر خوشی کا اظہار کرتے ہیں۔ اس وقت ہمارا دل اتنا بڑا ہو جاتا ہے کہ ہم اپنے زخم بھول جاتے ہیں۔ اور آنکھیں آنسوؤں سے بھر جاتی ہیں۔

خوشی کے آنسو۔

بہادر کا جی چاہتا وہ بھی سپاہی بن کر اپنی سرحدوں کی حفاظت کرے۔

"ابا۔ میں سپاہی بن سکتا ہوں۔ بہادر بولا۔

ہاں۔ لیکن تم تو ڈاکٹر بننا چاہتے ہو۔ بہادر کے باپ نے پوچھا۔

بہادر خاموش رہا۔

سپاہی جنگ میں دشمن سے لڑتا ہے۔ مر جاتا ہے یا مار دیتا ہے۔ اور امن کے دنوں میں ڈاکٹر بیماریوں سے لڑتا ہے۔ وہ سب سے بڑا سپاہی ہے جس کے ہاتھ میں بندوق کے بجائے نشتر ہوتا ہے۔ میں چاہتا ہوں تم بھی سپاہی بنو، تم بھی وردی پہنو۔ مگر ڈاکٹر کی

بہادر کا جی چاہا وہ اسی وقت ڈاکٹر بن جائے۔ اور بیماریوں کے خلاف جنگ شروع کر دے۔

جب تو پیدا ہوا تھا۔ بہادر کے باپ نے کہا۔ تو تیری ماں بڑی خوش ہوئی تھی۔ اس نے کہا تھا میں بہادر کو شہر بھیج کر پڑھاؤں گی۔ وہ بہت بڑا آدمی بنے گا۔ اس وقت میں ہنسا تھا۔ کیونکہ میں جانتا تھا کہ گانو کی ساری عورتیں ایسی ہی باتیں کرتی ہیں۔ لیکن ان کے بچے کھیت میں بیلوں کے پیچھے بھاگتے بڑے ہوتے ہیں۔ اور اپنی پوری زندگی ہل چلاتے گزار دیتے ہیں۔ لیکن تیری ماں سچ کہتی تھی تو شہر آگیا۔ اور خدا نے تجھے محفوظ ہاتھوں میں پہنچا دیا۔ ڈاکٹرنی اتنی اچھی ہے کہ اگر تیری اپنی بہن ہوتی تو بھی شاید اتنی محبت نہ کرتی۔ میں ان کی محبت دیکھتا ہوں تو خوشی سے آنکھیں آنسوؤں سے بھر جاتی ہیں۔ سوچتا ہوں تو نے ماں کو کھو کر زیادہ نقصان نہیں اٹھایا

بہادر کا باپ دلاور اب ہسپتال کے کھیتوں میں کام کرتا۔ اس نے ہری ہری سلاد سفید سفید گوبھی، سرخ سرخ مرچیں۔ اور ڈھیروں ٹماٹر پیدا کیے۔ رنگ برنگے خوشبودار پھول لگائے۔ وہ ڈاکٹر رضیہ کا ہاتھ بٹاتا۔ جب ڈاکٹر مریضوں کو دیکھنے جاتی بہادر کے ساتھ دلاور بھی ہوتا۔ وہ دونوں اسے بڑی توجہ اور اپنائیت سے علاج کرتے دیکھتے۔ اور خوش ہوتے۔ دلاور نے ڈاکٹر رضیہ کے گھر کا سارا انتظام سنبھال لیا۔ کمروں کی صفائی۔ گلدستوں میں خوش رنگ پھول لگانا۔ باورچی خانے سے مزیدار کھانے پکا کر لانا۔ ڈاکٹر رضیہ دلاور سے بہت خوش تھی۔ بہادر خوب جی لگا کر پڑھ رہا تھا۔ مگر دلاور مطمئن نہیں تھا۔ وہ اپنے گانو لوٹ جانا چاہتا تھا۔

رضیہ کا باپ ڈاکٹر ایک دن آیا تو دلاور نے اس کے گانو جانے کے لیے کہا۔ ڈاکٹر نے اسے سمجھایا اب وہ گانو جا کر کیا کرے گا۔ وہاں ان کا کون ہے۔ نہ بہادر کی ماں ہے، نہ کوئی اور۔ شہر میں رہ کر بہادر ڈاکٹر بنے گا۔ اور دلاور اس کے ساتھ رہے گا۔ مگر دلاور کسی طرح رہنے پر تیار نہیں تھا وہ چاہتا تھا۔ وہ فوراً گانو چلا جائے۔ اپنی زمین پر ہل چلائے اپنے باغ میں انگوروں کی

بیلوں کے نیچے آرام کرے۔ اس گھر میں جائے جہاں سے وہ رخصت ہو کر جنگ لڑنے گیا تھا۔

بہادر اداس تھا، ایک طرف شہر میں رہ کر بڑا آدمی بننے کا موقع اور دوسری طرف باپ کی محبت، اپنے گھر دیکھنے کی خواہش، ماں کی قبر پر جانے کی حسرت۔ بہادر نے فیصلہ کیا کہ وہ شہر میں رہے گا، اور اپنے باپ کو بھی اپنی پاس رکھنے کی ضد کرے گا۔ دلاور اپنے بیٹے کی بات کس طرح ٹال سکتا تھا۔ وہ شہر میں رہنے لگا۔

اب اسے فوج سے پنشن بھی ملنے لگی تھی۔ اور پُرسکون زندگی گزار رہا تھا، لیکن رضیہ نے محسوس کیا اور بہادر نے بھی دیکھا کہ اس کا باپ اداس رہتا ہے۔ جیسے شہر میں اس کا دل ہی نہ لگتا ہو۔ بہادر کے لیے پریشانی کی بات تھی۔

ایک بار اس نے اپنے باپ کو روتے دیکھا۔ پھر بہادر کو فیصلہ کرنے میں دیر نہیں لگی۔ وہ واپس گاؤں جانا چاہتا تھا۔ دلاور نے سنا خوشی سے پھولا نہ سمایا۔ بہادر کو ایک بات کا دکھ تھا وہ بڑا آدمی نہیں بن سکے گا۔

دلاور اسے سمجھا رہا تھا۔ بڑا آدمی بننے کے لیے شہر میں رہنا ضروری ہے۔ اور نہ ڈاکٹر بننے کی ضرورت ہے۔ بڑا آدمی کہیں بھی بنا جا سکتا ہے۔ شہر سے زیادہ ہماری ضرورت گاؤں کو ہے۔ میں گاؤں کی فضا دیکھنا چاہتا ہوں۔ میں نے زخم کھائے ہیں۔ تاکہ لوگ خوشحال رہیں کھیت اور باغ شاداب رہیں۔ اب میں یہ دیکھنا چاہتا ہوں کہ میرے خون سے جو کھیت سیراب ہوئے ہیں وہ کیسے ہیں۔

بہادر ہم گاؤں والوں کی خوب خدمت کریں گے۔ صبح سورج نکلنے سے پہلے اٹھیں گے اپنی زمین پر جائیں گے۔ اپنے باغ کو دیکھیں گے۔ دوپہر کو انگوروں کی بیلوں کے سایے میں سو جائیں گے۔ سہ پہر کو تمھاری ماں کی قبر پر پھول چڑھا کر گھر لوٹ کر آئیں گے۔ میں نے تنہائی کے

بہت دن گزارے ہیں۔ میں اپنے دوستوں سے، رشتہ داروں سے ملوں گا۔

دلاور بہت خوش تھا۔ وہ اپنے گانو واپس جا رہا تھا۔

ڈاکٹر اداس تھا۔

رضیہ اداس تھی۔

دلاور نے گانو جانے کی تیاریاں مکمّل کر لیں۔

ڈاکٹر اور رضیہ نے بہادر کو بہت سے پیسے دیے۔ کپڑے بنوائے اور کتابیں ایک چمڑے کے خوب صورت سے تھیلے میں رکھ دیں۔ بہادر رو پڑا۔

ڈاکٹر رضیہ نے اسے خوب سمجھایا۔

"تو تم تو اتنے بہادر ہو۔ پھر ہمیشہ کے لیے تو نہیں جا رہے۔ میرا دل کہتا ہے تم ضرور لوٹ کر آؤ گے۔ دیکھ لینا میری بات بالکل سچی ہوگی۔

دنیا میں بہادر کبھی نہیں روتے۔ بس اب نہ رونا۔"

بہادر کو آنسو روکنے پڑے۔

پھر ایک دن وہ گھوڑا گاڑی میں بیٹھ کر گانو کی طرف چل پڑے۔

گانو بالکل بھی تو نہ بدلا تھا۔ بہادر کو یوں لگا جیسے اس نے کوئی خواب دیکھا ہوگا۔ ابھی گھر جائے گا تو ماں سینے سے لگا کر خوب پیار کرے گی۔

پھر وہ مکئی کے سنہرے بھٹے اور پکے ہوئے انگور کھلائے گی اور وہ مزے مزے سے کھائے گا۔

سب سے پہلے دلاور اپنے کھیت پر گیا اور خوشی سے جھوم رہا تھا۔ سرخ سرخ ٹماٹر اور ہری

ہری مٹر بھری کھڑی تھی۔ وہ ٹماٹر اور مٹر توڑ کر بہادر کو دینے لگا۔

"دیکھو یہ ہمارے کھیت کیسے ہیں۔" کھٹے کھٹے ٹماٹر اور میٹھی میٹھی مٹر بہادر کو بڑی اچھی لگی دلاور اپنے انگور کے باغ میں گیا تو بیلوں میں نیلی کونپلیں پھوٹ رہی تھیں۔ دلاور ہر چیز بہادر کو خوشی خوشی دکھاتا۔ میں نہ کہتا تھا۔ ہمارے گانو کی زمین سونا اگلتی ہے۔ یہ بڑی پیاری زمین ہے۔

جب وہ دونوں اپنے گھر پہنچے تو اداس ہو گئے۔ گھر کا دروازہ غائب تھا آنگن اور کمرے دھول اور کوڑے سے بھرے تھے۔ صحن میں جہاں پھول کھلتے تھے ایک کُتیا اپنے بچّوں کے ساتھ بیٹھی تھی۔ بہادر اسے دیکھ کر خوش ہو گیا۔ گھر آباد تو ہے۔

دلاور نے سارا گھر صاف کیا۔ اتنے میں گانو میں ان کے آنے کی اطلاع ہو چکی تھی۔ ایک ایک کر کے گانو کے لوگ ان سے ملنے آ رہے تھے۔ کچھ لوگوں کو یقین ہی نہ آتا تھا کہ دلاور زندہ ہے۔ گانو کا زمیندار تو اس بات کو بالکل ہی نہ مانتا تھا۔ کیونکہ دلاور کی زمین اور باغ اس کے قبضے میں تھا۔ دلاور زمیندار سے اپنی زمین واپس مانگتا ہے۔ گانو کا زمیندار اسے زمین واپس نہیں دیتا۔ اسے بتاتا ہے کہ بہادر کی ماں نے اس سے کچھ روپے ادھار لیے تھے۔ پہلے وہ واپس کر دیے جائیں۔ بہادر شہر سے جو پیسے لایا تھا وہ زمیندار کو دے دیتا ہے۔ لیکن زمیندار پھر بھی۔ زمین نہیں لوٹاتا اور زیادہ پیسوں کا مطالبہ کرتا ہے۔

بہادر کا باپ فیصلہ کرتا ہے کہ وہ اپنی زمین لڑ کر واپس لے گا۔ وہ کہتا ہے کہ دنیا میں اپنا حق حاصل کرنے کے لیے لڑنا پڑتا ہے۔ جب میں سارے ملک کے حق کے لیے لڑا تھا تو پھر اپنے لیے اپنے بیٹے کے لیے لڑنا بے حد ضروری ہے۔ دلاور زمیندار سے لڑنا چاہتا ہے۔ اور بہادر اسے روکتا ہے۔ کیونکہ ماں نے اسے نصیحت کی تھی کہ برائی سے لڑنے کے لیے برے ہتھیار استعمال نہیں کرنے چاہییں۔

ماں اور بیٹے میں بحث ہوتی ہے۔ اور باپ بیٹے سے ہار جاتا ہے۔

دلاور اور بہادر فیصلہ کرتے ہیں کہ اب وہ شہر جائیں گے، محنت مزدوری کریں گے اور گانو کو بھول کر نئی زندگی شروع کریں گے۔

"میں رضیہ بیٹی کے ہسپتال کے کھیتوں میں کام کروں گا۔" دلاور اپنے آپ کو تسلی دیتا ہے۔ میرا بیٹا بڑا آدمی بنے گا۔ جب وہ ڈاکٹر بن جائے گا تو میں اسکے ہسپتال کے کھیت میں کام کروں گا۔

پھر دونوں روتے ہیں۔ بہادر۔ دلاور کے سینے سے لگ کر اور دلاور پہاڑوں کی چوٹیوں کو دیکھ کر۔

بہادر ماں کی قبر کو الوداع کہ کر آیا تو دلاور ایک بار پھر اپنے باغ کی طرف جاتا ہے راستے میں ایک چھوٹی سی جھیل تھی۔ خوب صورت سی، جس میں سنگھاڑے کی بیلیں پڑی رہتیں۔ جھیل کی طرف سے دو تین بچوں کے شور مچانے کی آوازیں سنائی دیں۔ جیسے کوئی ڈوب رہا ہو۔ بہادر اور دلاور جھیل کی طرف دوڑے۔ دونوں نے دیکھا کہ ایک بچہ جھیل میں ڈبکیاں کھا رہا ہے۔ اور دو بچے جھیل کے کنارے کھڑے شور مچا رہے ہیں۔ بچہ پانی کے اوپر ابھرا اور ڈوب گیا۔

بہادر نے تیزی سے جھیل میں چھلانگ لگا دی۔ جب وہ جھیل کے درمیان پہنچا تو بچہ ایک بار پھر پانی سے ابھرا۔ بہادر نے اسے پکڑا اور وہ بچہ بہادر سے اس طرح چمٹ گیا کہ بہادر کو تیرنا مشکل ہو گیا۔ بہادر نے اپنے آپ کو چھڑانے کی بڑی کوشش کی۔ مگر وہ بچہ اسے نہ چھوڑتا تھا۔ بہادر اب خود ڈوبنے لگا۔ اس نے زور سے پکارا۔

"ابا"۔ دلاور جس کی سمجھ میں ابھی تک کچھ نہ آیا تھا تیزی سے جھیل میں کود پڑا۔ جب تک دونوں بچے ڈوبنے لگے تھے۔ دلاور نے جلدی جلدی دونوں بچوں کو پیچھے سے جا کر پکڑا اور

کنارے پر لے آیا۔ ان کے پیٹ میں پانی چلا گیا تھا۔

ابھی دلاور جھیل سے باہر نکلا تھا کہ گانو کے چند آدمی دوڑتے ہوئے آ گئے۔ ایک آدمی تیزی سے ڈوبنے والے بچے سے چمٹ گیا۔

"میرا لال"

بچہ بالکل ٹھیک ہے۔ اس کے پیٹ میں پانی چلا گیا ہے۔ دلاور نے پھولی ہوئی سانس سے کہا۔ ایک لمحہ کے لیے دلاور اور اس آدمی کی آنکھیں ملیں۔ دلاور نے دیکھا وہ زمیندار تھا جس نے اس کی زمین دینے سے انکار کر دیا تھا۔ زمیندار کی گردن شرم سے جھک گئی۔

گانو والوں نے جلدی جلدی دونوں بچوں کے پیٹ سے پانی نکالا اور چارپائیوں پر ڈال کر گانو لے آئے۔ تھوڑی دیر میں دونوں ہوش میں آئے۔ انہیں گرم گرم دودھ دیا گیا۔

زمیندار بہت شرمندہ تھا۔ اس نے دلاور کو بتایا کہ اس کا باغ اور کھیت بہادر کی ممانی کے پاس ہیں اور وہ صرف اس کی دیکھ بھال کرتا ہے۔ دلاور کو بہت غصہ آیا۔ آخر اس عورت کو کیا حق ہے کہ وہ اس کی زمین پر قبضہ کرے۔

زمیندار اور دلاور نے پروگرام بنایا کہ کل صبح بہادر کی ممانی کے پاس چل کر وہ کاغذ واپس لے آئیں گے۔ بہادر نے اپنے باپ کو بہت سمجھانے کی کوشش کی مگر وہ کسی طرح نہ مانا۔

دوسرے دن صبح کو وہ گاڑی میں سوار ہو کر روانہ ہونے ہی والے تھے کہ بہادر کا ماموں وہاں پہنچ گیا۔ دلاور اسے دیکھ کر بہت غصے ہوا مگر اس نے روتے ہوئے بتایا کہ وہ بری عورت گزشتہ ہفتہ مر چکی ہے۔ اور اب وہ زمین اور باغ واپس کرنے آیا ہے۔

بہادر کو ممانی کے مرنے کا بہت افسوس ہوا۔ کیونکہ اب گڑو بھی اس کی طرح اکیلا رہ گیا تھا۔ اسے

اپنے ماموں پر بھی ترس آیا کہ اب اس کے کھانے کا بندوبست کون کرے گا۔ مرغیوں کو دانا کون ڈالے گا۔ کون سبزیاں پکائے گا۔ ممانی بہت بری تھی۔ مگر اب اس کے نہ ہونے سے اس کا ماموں اور گلو اکیلے رہ گئے تھے۔ ممانی کو یاد کرکے بہادر کو رونا آگیا۔ وہ دیر تک اس عورت کے لیے روتا رہا جس کی وجہ سے اس نے گھر چھوڑا۔ اور دنیا کی ٹھوکریں کھاتا پھرا۔

بہادر کو جب معلوم ہوا کہ گلو کو اس کی چچی اپنے ساتھ لے گئی ہے تو اسے عجیب سا لگا۔ شاید گلو کے ساتھ بھی وہی ہو جو اس کے ساتھ ہوا تھا۔ لیکن اس نے بڑے صدق دل سے دعا کی گلو خوش رہے۔

دلاور سارا دن مصروف رہا۔ زمیندار نے بہادر کے پیسے واپس کر دیے تھے اور اس سے گھر کی ضروریات کا سامان خریدا جا رہا تھا۔

دلاور اور بہادر کے ماموں نے مل کر گھر صاف کیا۔ سہ پہر کو مزے دار کھانا زمیندار کے گھر سے آیا اور کھانا کھا کر یہ سب کھیت پر گئے۔ وادی سے بہت سے پھول توڑ کر سب قبرستان گئے۔

بہادر کی ماں کی ساری قبر پھولوں سے ڈھک گئی۔ مسکراتے ہوئے پھول دیکھ کر بہادر کو یوں محسوس ہوا جیسے اس کی ماں مسکرا رہی ہو۔ دلاور کی آنکھیں آنسوؤں سے بھری تھیں بہادر کے ماموں کے گال آہستہ آہستہ آنسوؤں سے بھیگتے جا رہے تھے۔ گہرے نیلے آسمان پر سفید بادل تیرتے پھر رہے تھے۔ بہادر نے سوچا اگر آج ماں زندہ ہوتی۔ پھر نہ جانے کہاں سے آنسو اس کی آنکھوں سے بہنے لگے۔ ایک طرف سے دلاور اور دوسری طرف سے اس کا ماموں آگیا۔ دونوں نے اس کے سر پر ہاتھ رکھا اسے دلاسا دیا تب بہادر کو ڈھارس ہوئی۔ وہ اکیلا نہیں۔

رات کے کھانے کے بعد وہ دیر تک باتیں کرتے رہے۔ دلاور کا باپ مرنے کے

قصے سنا رہا تھا۔ اور ماموں خوب ہنستا تھا۔ بہادر نہ جانے کب سو گیا۔

صبح بہادر اٹھا تو نیا سورج نیا دن نکل چکا تھا۔ ننھے منّے پرندے شاخوں پر چہچہا رہے تھے۔ اور دلاور آنگن کے پودوں کو پانی دے رہا تھا۔

ناشتے میں مزے کے پراٹھے اور بطخ کے تلے ہوئے انڈے تھے۔

بہادر ناشتا کر چکا تو دلاور نے مسکرا کر کہا۔

"بیٹے ہم نے فیصلہ کیا ہے کہ تم شہر جاؤ گے۔"

شہر۔ بہادر نے حیرت سے پوچھا۔

"ہاں"۔ بہادر کے ماموں نے کہا۔

"لیکن۔" بہادر بولا۔

تمھیں بڑا آدمی بننا ہے۔ ہماری خواہش ہے کہ ڈاکٹر بن جاؤ تو اس گانو کے لوگوں کا علاج کرو

لیکن ابا۔ آپ اکیلے۔"

نہیں میں اور تمھارا ماموں ایک ساتھ رہیں گے۔ کھیت پر ہل چلائیں گے۔ باغ میں پھل بوئیں گے۔

بہادر کی آنکھوں میں آنسو آ گئے۔

بہادر اٹھ کر کمرے میں گیا۔ تھوڑی دیر بعد واپس آیا تو اس کے ہاتھ میں ایک پوٹلی تھی۔

"بیٹے یہ میری بیٹی رضیہ اور ڈاکٹر صاحب کے لیئے ہے۔"

"ابا میں آپ کو چھوڑ کر نہیں جاؤں گا۔" بہادر رونے لگا۔

"میرے بیٹے"۔ دلاور نے اس کے سر پہ ہاتھ رکھا۔

میں برائی سے لڑنے تجھے اور تیری ماں کو چھوڑ کر بہت دور چلا گیا تھا۔ آج تو بھی

بیماریوں کے خلاف لڑنے کے لیے جا رہا ہے۔ تو اتنی دور تو نہیں جائے گا۔ بیٹے کتنی ہی دور چلے جائیں۔ باپ کی نظروں سے اوجھل نہیں ہوتے۔ یہ کہہ کر دلاور نے اپنا منہ دوسری طرف کر لیا۔ شاید آنسو نکل پڑے ہوں۔ چند لمحوں بعد اس نے کہا۔ "تیری ماں کی یہی خواہش تھی تجھے وہ پورا کرنے کے لیے جانا ہوگا"

گلی میں گھوڑا گاڑی کی آواز آئی تو دونوں باہر نکل آئے۔ بہادر کو گاڑی میں بٹھا دیا گیا۔ دلاور اور اس کا ماموں گاڑی کے ساتھ ساتھ چلنے لگے۔ گاڑی آہستہ آہستہ گاؤں کی گلیوں سے نکل رہی تھی۔

آخر وہ گاؤں کے آخری سرے پہ پہنچی۔ یہاں آ کر رک گئی۔ دلاور اور اس کے ماموں نے بہادر کے سر پہ ہاتھ پھیرا اسے دعائیں دیں ـــــ اور پھر گھوڑا گاڑی پکی سڑک پر تیز تیز چلنے لگی دلاور اور اس کا ماموں گاڑی کو جاتا دیکھ رہے تھے۔ گاڑی کی رفتار تیز ہو رہی تھی بہادر کھڑکی سے لگا اپنے باپ اور ماموں کو ہر لمحہ دور ہوتا دیکھ رہا تھا۔

بہادر بڑا آدمی بننے شہر جا رہا تھا۔

بہادر نے دیکھا اس کا باپ اور ماموں اب بہت دور نظر آ رہے تھے اور پھر موڑ آیا اور گاڑی مڑتے ہی سامنے بڑا سا پہاڑ آ گیا۔ اس کا باپ اور ماموں دونوں نظروں سے اوجھل ہو گئے اور بہادر کے گال پہ دو آنسو بہ نکلے۔

خوشی کے دو آنسو۔

گاڑی بان گا رہا تھا

یہ پھول یہ چشمے میرے ہیں
یہ راستے میرے اپنے ہیں

یہ بادل، یہ بارش، یہ سبزہ
یہ سب میرے اپنے ہیں
چشمے میں خوب نہاؤں گا
اور سیب اکیلا کھاؤں گا

گاڑی بہادر کو اپنی گود میں لیے اونچے نیچے راستوں پر آہستہ آہستہ شہر کی طرف جا رہی تھی۔

بچوں کا ایک دلچسپ ناول

بیگن موتی رانی

مصنف: عادل رشید

بین الاقوامی ایڈیشن شائع ہو چکا ہے